herzundgold

1. Auflage 2022

Stefanie Steenken beobachtet, schreibt, slammt Vol.1

2022 Verlag Herz und Gold, Bopfingen

Umschlags- und Layoutgestaltung:
Anette Schamuhn, immer4ne

Grafik (Innen)/Satz:
Christiane Köhn-Ladenburger

Autorenfotos:
Hannah Nolte
SGFotografie Velten

Druck und Bindung:
Projektteam AG

Printed in Germany
ISBN 978-3-949656-06-4
www.herzundgold.com

Stefanie
Steenken

beobachtet
schreibt
slammt

VOL.1

Vorwort

Mit einem Gedicht für meinen Bruder fing alles an. Wir haben uns wortlos verstanden, er und ich, beide keine Redekünstler, wenn es um das miteinander Sprechen oder Äußern von Gefühlen ging. Im Schreiben fand ich oft Heilung und Hoffnung und konnte meinem Inneren Ausdruck verleihen.
Dass ich irgendwann meine Texte in der Öffentlichkeit vortragen konnte, war für mich ein großer Schritt. Ich habe nicht nur mein Herz geöffnet, sondern mir in meine Seele schauen lassen. Dadurch verstand ich, dass sich mitzuteilen und anderen anzuvertrauen keine Schwäche, sondern eine Stärke ist.

Stefanie Steenken

für Paul

VORSTELLUNG

Ich bin Steffi oder Stefanie.
Autorin, Schulabbrecher und kleines Genie,
denn ich denke, es begriffen zu haben,
   etwas anders zu sein,
beweist doch eigentlich nur meine Einzigartigkeit.

Lesen ist mein Hobby, Schreiben meine Passion.
Ich habe zwei Töchter und einen Sohn.
Ich schreibe für Kinder und ich schreibe für mich,
sehr gerne Briefe, warum, weiß ich nicht.
Am liebsten da dicht ich und schreib Poesie,
ich spiel auch Gitarre und singe ein Lied.
Ich kann eben beides, Roman und Gedicht
und wenn ich nicht schreibe, dann slamme ich.

Kurz: Ich kann viel.
Ein Buch zu schreiben,
das wäre mein Ziel.

Ich bin siebenundvierzig Jahre alt,
sehr in meinen Hund verknallt,
ich bin ungeduldig und nicht naiv,
Freunde sagen, ich sei hilfsbereit und lieb.
Ich bin ziemlich emotional,
außerordentlich und schon immer sozial,
ordnungsliebend und genau,
meistens meinem Bauch vertrau,

denn dieser weist mir stets den Weg
   und zeigt mir an,
was ich kann.

Wissen, wie es weitergeht, das weiß ich nicht,
aber ich sehe am Ende des Tunnels Licht.
Das bin ich.

Das Bild an der Wand

Wir haben uns fünfundzwanzig Jahre nicht gesehen
und du bist der Ansicht,
mit mir den Weg weiter zu gehen,
den wir damals beendeten,
nicht weil uns Ländergrenzen trennten,
sondern mich mein Anstand bewahrte,
von einem Urlaubsflirt mehr zu erwarten.

Du sitzt mir schräg gegenüber und
  erzählst was vom Überfliegen,
ich stelle mir vor, wie es wäre,
  wieder neben dir zu liegen.
Die Chemie stimmt,
nur dass nicht sie neben dir sitzt,
sondern dein Kind.

Du kannst es an meinem Blick erkennen,
ich möchte bleiben und gleichzeitig wegrennen,
vor dir, vor mir, vor einem uns,
  denn das darf nicht sein,
du hast Familie und ich bin allein.

Wir sehen uns und fangen an,
  unser Spielchen zu spielen,
niemand merkt was, wir sind zwei unter vielen.
Ich habe Angst, dass du wieder mein Herz brichst,
ich will nicht glauben, dass du jede Träne wert bist,

die ich vergossen habe, als die Frist verstrichen ist,
als du dich vor Jahren hast entschieden,
bei ihr zu bleiben und mich trotzdem zu lieben.
Nur deshalb habe ich dich verlassen,
es nie geschafft, dich so zu hassen,
wie du es verdient hättest meines Erachtens,
aber nur aus dem Grund,
   es mir leichter zu machen.

In unserer ersten gemeinsamen Nacht,
ist das Bild über dem Bett zu Boden gekracht.
Ich lächle bei dieser Erinnerung,
   sogar meine Mutter wurde wach.
Denn am nächsten Morgen am Gartentisch,
da sagte sie, wie schön es ist,
dass ihre Tochter mal Frühstück isst.

Wir telefonieren und ich erzähl dir
   von meinem Zustand, der ist nicht gut,
ohne zu zögern sagst du, du spendest dein Blut,
und alles, was ich sonst noch brauche,
wir kennen uns kaum, das kann ich schlecht glauben.
Und dennoch merk ich, dass du es ernst meinst
   und für mich da wärst,
wie nebenbei erwähnst du,
   dass du mich abholst und fährst,
egal wie weit und dass das niemals verjährt.

Du sprichst mir Nachrichten aufs Handy,
ich hör deine Stimme und
sehe dein Lächeln beim Sprechen,
es fühlt sich an, als würde mein Innerstes brechen.
Wenn ich dir zuhöre und verinnerliche, was du sagst,
das hab ich mir niemals zu träumen gewagt.
Wir entfachen Erinnerungen und Feuer,
wir sagen uns gegenseitig,
wir sind uns lieb und auch teuer,
als verpufften fünfundzwanzig Jahre im Nichts.
Was davon ist wahr und was nicht?
Ich rede mir ein, das sind Illusionen,
aber fühlen tue ich Explosionen,
die mich antreiben und weitermachen lassen,
Gedanken, die Mut machen und
ich kann wieder lachen.

Nur ein Satz von dir, eine SMS,
lässt mich innehalten und vertreibt mir den Stress,
wenn du mich wissen lässt,
du denkst an mich und mir schreibst,
dass sieben Tage für die Ewigkeit reicht.

Ich kann mich nicht mal mehr an alles erinnern,
irgendwie waren wir doch noch Kinder.
In der Blüte des Lebens stehend
und Vorstellungen hegend,

wie das Leben verläuft und Ziele anstrebend,
ich war stets bemüht, immer weiterzugehen,
wollte was erreichen, wer sein und Erfolge erleben.
Dabei wusste ich damals schon ziemlich genau,
ich wollte Mutter werden und jemandes Frau,
und nun frage ich mich nach so langer Zeit,
wären wir weitergegangen,
 wären wir noch zu zweit?
Ich rede mir ein, alles soll so sein,
ich hab Abstand genommen
 von der Zweisamkeit.

Und nun wieder vor mir stehend,
sagst du Dinge, die alles verdrehen.
In meinen Gedanken und Erinnerungen,
wirkten deine Gefühle eher gedrungen.
Und du meinst jetzt, es war andersherum.
Dass ich es war, die dich abwimmelte,
wenn deine Nummer bei mir klingelte?
Du meinst, du wärest chancenlos gewesen,
das hab ich komplett anders gesehen.

Lassen wir die Zeit verstreichen,
uns gegenseitig weiter begleiten,
mit Abstand und Vorsicht, zumindest körperlich,
aber ich komm nicht umhin, dir zu sagen,
 was los mit mir ist.

Und wenn in weiteren fünfundzwanzig Jahren
alle Kinder aus dem Haus sind,
und die Anziehungskraft nicht geworden ist
taub-blind,
dann können wir immer noch überlegen und feiern
und dann zieh ich zu dir
- meinetwegen auch nach Bayern.

Auf dem Rücken deiner Kinder

Ich toleriere, was du sagst.
Ich toleriere, was du hast.
Ich toleriere, was du wählst
und ich denke zu verstehen, was dich quält.
Ich akzeptiere, was du anhast.
Ich akzeptiere, wenn du mich auslachst,
oder dir selbst etwas vormachst,
aber nicht, was du mit deinem Umfeld machst.

Mit welchen Waffen du um dich schlägst,
die Art, wie du deine Kinder prägst,
ist für mich nicht der richtige Weg.
Vielleicht ist es kein Thema für ein Gedicht,
aber ich denke, im Streit zeigt der Teufel Gesicht.

Jeder macht Fehler und Undurchdachtes,
aber das, was du mit deiner Familie machtest,
geht einen Schritt zu weit und ist weit größer als Streit,
du scheinst zu vergessen, ihr seid nicht zu zweit.
Jetzt kämpfst du mit harten Bandagen,
gegen die, die deine Familie mal waren.

In deinen eigenen vier Wänden
formst du aus deinen Kindern neue Patienten.
Du nimmst ihnen den Alltag weg,

fütterst sie mit Technik und mit Big Mac.
Bitten und Flehen schert dich einen Dreck.
Deine wahren Werte hältst du versteckt.

Deine fehlenden Antworten zeigen neben Ignoranz,
vielleicht auch an, dass du damit nicht umgehen kannst.
Du glaubst dir selber, all das, was du sagst,
du merkst nicht mal mehr, dass keiner dich fragt.
Du hast das Zepter in der Hand.
Du hast den Mann in dir erkannt,
rennst wortreich-schreiend gegen die Wand.
Das Ziel ist dir noch unbekannt.
Das, was du glaubst, das ist nicht echt,
du hast ja nicht mal mehr Respekt.
Bitte lass es uns verhindern,
denn all das liegt auf dem Rücken der Kinder.

Warum willst du es nicht verstehen?
Das Leben besteht aus Geben und Nehmen.
Es hat keinen Sinn, sein Recht durchzudrücken,
wenn´s darum geht, nur ein Stückchen zu rücken.
Du musst dich nicht zwischen
zwei Wegen entscheiden,
es gibt bei allem immer zwei Seiten.
Aber was ich dir mitteilen will,
wird dich eh nicht erreichen.

Es ist gut, dass ihr euch wieder arrangiert,
aber das Passierte, kann ich nicht ignorieren.
Es nimmt mich mit und erschüttert mich,
doch nach Dunkelheit kommt immer Licht.
Ich kann verzeihen, ich kann vergeben
und ich kann auch ohne dich leben.

Was ich hier sage, tue ich nicht für dich,
sondern für das, was mir wichtig ist,
um es offen zu zeigen, was ich für richtig halt,
und um zu verdeutlichen
„So wie man hineinruft, es widerhallt",
um zu beweisen und Stellung zu beziehen,
und um zu zeigen, wen ich lieb.

Nach langer Zeit sehen wir uns wieder,
ich bin gefestigt und knie ich nicht vor dir nieder.
Ich halte Stand.
Denn ich habe erkannt,
was für mich von Wert ist
und du bist es nicht.

Es wird nichts ändern und nichts bewegen,
aber denen zeigen, die neben dir leben,
auf welcher Seite ich vorwärts geh
und dass ich zu meiner Meinung steh.
Ich mache mir Luft aus Wörtern,

du sagst es selbst, es gibt nichts zu erörtern.
Zu ändern ist nicht das, was war,
sondern das, was zu kommen vermag.
Stell dich nicht ständig als Opfer dar.
Bitte, lass es uns verhindern,
denn all das liegt auf dem Rücken der Kinder.

Wann merkst du endlich, dass dein Weg
nicht vorwärts sondern rückwärts geht?
Dass es nicht nur eine Wahrheit gibt,
dass man niemandem so etwas antut, den man liebt.

Ich finde oft in Worten meine Freiheit.
Du fährst für mich noch immer Dreirad.
Das ist mein Frieden diesess Weges für mich
und ich wünschte, du findest deinen für dich.

Die Bühne und ich

Noch immer hab ich Bedenken und Angst,
dass mich jemand auslacht,
dabei mach ich nichts anderes, als das,
was mich ausmacht.

Mir macht Probleme, was andere denken.
Ich versuche, Gedanken in Bahnen zu lenken,
in geordnete, so wie es sich gehört,
und dann denk ich, das ist doch das, was mich stört.
Dass man immer meint, man muss so sein,
wie die anderen es wollen,
ab jetzt mach ich meins und bring den Stein
ins Rollen.

Ich denke noch immer,
dass das nicht mein Ding ist,
das ist mir peinlich, da bin ich eher kindlich.
Obwohl es keine Regeln hier gibt,
was den Inhalt des Textes betrifft,
ist es bei mir so, dass sich alles reimt,
dass der Schwung meiner Worte
im Kopf mir schon keimt,
ich weiß nicht woher, es ist einfach so,
denn wenn ich schreibe, dann bin ich im Flow.

Ich bin eher klar und schlicht,
dass ich mutig bin, das denk ich nicht.

Ich bewundere die, die sich auf eine Bühne
begeben und reden
und von ihrem Leben erzählen,
als wär nichts gewesen.
Davor zieh ich echt den Hut, das find ich gut.
Ich find´s krass, mich aufs Podest zu stellen
und lauthals zu bellen,
denn Hunde, die bellen,
die beißen doch nicht.
Und ich will was reißen mit einem Gedicht?
Ist das nicht schwach und lächerlich?

Ich erinnere mich an einen Spruch,
der aussagt,
wenn dir was Angst macht und
du es dennoch schaffst, du herausragst,
dass es etwas Besonderes ist,
wenn du nicht aufgibst,
immer weiter machst, was du für richtig hältst
und liebst
und Situationen erschaffst,
die du nie für möglich gehalten hättest,
denn dass ich mal auf ´ner Bühne stehe,
dagegen hätte ich gewettet.
Das ist nicht so meins, ich fühl mich doch klein,
dabei weiß ich, was ich kann
und mir liegt halt das Reimen.

Jetzt steh ich hier vor euch und warte auf Applaus,
aus der Nummer komm ich wohl nicht mehr raus.
Auf dem Weg der Karriere in der Slammer Szene,
begab ich mich auch auf Recherche-Reise,
dort entstanden auf simple Weise,
Geschichten, die mein Leben beschreiben
und jetzt hoffe ich,
die werden in Erinnerung bleiben.

Ich las auch, dass nur, wer lustig ist, gewinnt,
wer Witziges erzählt, wird gewählt.
Denn in unserem tristen Alltagsleben
will das keiner hören, geschweige denn reden,
über diese Sachen, die uns krank machen,
wir wollen frei sein, viel trinken, laut lachen.
Ich glaub bei manchen ist es umgekehrt,
die erzählen Witze auf der Bühne,
dabei haben sie es zu Hause schwer.

Und ich möchte nicht darüber urteilen,
es sind meine Gedanken,
die im Kopf mir verweilen.
Das ist auch o.k. Aber ich,
ich wähle den anderen Weg.
Ich kann und will nicht nur Lustiges reden,
denn ich erzähl aus meinem Leben,
und ich finde, jeden Text sollte man ehren,

vielleicht sogar ein wenig mehr die Schweren.
Die, die Gewicht haben,
die, die was aussagen,
sind die, die was drauf haben.

Wenn du in der Lage bist, was abzugeben,
auf dem Teppich bleibst, nicht abzuheben,
zollt man dir irgendwann Respekt,
dann bist du du, dann bist du echt.

Meine Kinder lassen Zettel
auf meinem Bett liegen,
auf denen steht „Mama, du bist die Beste!"
und dass sie mich lieben.
Das ist es doch, was es ausmacht,
manche meinen, dass ich´s drauf hab,
ich frage mich, ist es glaubhaft,
wenn ich sage, dass ich mich aufraff,
es ist wie eine Wunde, die aufklafft.

Ich möchte leben, darüber reden,
Ziele anstreben, loslassen und Neues erleben,
dadurch abheben, dann loslegen,
vieles abgeben vor dem Ableben.
Weiterhin weitergehen und den Weg
meines Lebens bestehen.

Es ist wie eine Welle, die immer höherschlägt,
wie eine Fahne, die über die Grenzen weht.
Erschaffen mit meinen Händen,
in meinen vier Wänden,
Gedanken weitergedacht,
im Leben weitergemacht,
ab und zu drüber gelacht,
dann einfach vollbracht.

Wo ist der Sinn?
Wo will ich hin?
Ich will schreiben
und in Erinnerung bleiben,
in Gedanken verweilen
und diese Zeilen mit euch teilen.

Und deshalb stell ich mich hier und
heute vor die Meute
und frage mich, ob all diese Leute
es gut finden, was ich erzähl?
Hab ich den Weg doch selber gewählt.
Gibt es nun Regeln und Vorgaben?
Ich weiß es nicht genau,
kommt bei mir doch alles aus dem Bauch,
ich wollte nie auf die Bühne,
doch auf einmal ist mir alles egal,
ich muss da jetzt durch, ich hab keine Wahl.

Ich habe nichts dagegen,
  auf der Couch rumzugammeln,
aber lieber geh ich Eindrücke sammeln.
Ich lass den Schein, ich will mehr sein,
deshalb stell ich mich hin und mach mein Ding,
lass die Angst auch mal zu Haus
und spreche Dinge einfach aus.
Denn ich hab jetzt erst gemerkt,
dass das nicht umbringt, sondern stärkt.

Die Maus

Ich sitz im Auto und bin gestresst,
muss nach Neukölln, das gibt mir den Rest.
Überall Stau hier, dabei bin ich im Zeitdruck,
neben mir sitzen sie und fressen ihr Junkfood.

Ich hab einen Termin für meinen eigenen Weg,
da muss ich pünktlich sein und nicht zu spät.
Ich will mich präsentieren, ein gutes Bild
  von mir abgeben und nichts verlieren,
sondern gewinnen. Einen Eindruck hinterlassen,
  einen grandiosen,
aber mir schlottern die Knie,
  ich mach mir gleich in die Hosen.

Dabei wollt ich mich nicht mehr mit anderen messen,
ich ärgere mich,
  denn ich hab meinen Mantel vergessen.
Den Mantel, der mich selbstbewusst macht,
in diesem Mantel hab ich Macht.
Er kleidet mich wie eine Frau,
ich fühl mich gut und ein bisschen schlau,
er lässt mich gut aussehen, er gibt mir Kraft,
in dieser Hülle hab ich alles geschafft.
Und eben dieser liegt nun zu Hause im Flur,
das anstehende Meeting, wie schaff ich das nur?
Und dann denk ich, du hast doch an, was du brauchst,
denn meine Lieblingsjeans, die tun´s doch auch.

Noch im Wagen hole ich Zettel und Stift,
kritzle beim Fahren all das auf den Wisch.
Es ist nicht egal, was du anhast,
nimm das aus dem Schrank, was dich anmacht.

Wenn du gut bist in dem, was du liebst,
authentisch bleibst und du gibst,
von dem, was du mit Leichtigkeit schaffst,
hast du im Leben ganz Großes geschafft.

Man darf auch mal was verpassen.
Man muss sich nicht ständig anpassen.
Das sollte man dann auch wirklich wollen,
um somit dem Anderen Respekt zu zollen.

Ich nenn mich Autor, bevor ich rauskomm,
ist das nicht peinlich, wenn das rauskommt?
Nee. So ist mein Leben eben,
es nimmt seinen Lauf,
ich sattle auch mal von hinten auf,
das ist nicht verkehrt,
erst schafft man was und dann kommt der Wert.

Ich fühl mich viel zu oft als Maus,
denn eigentlich bin ich ein Pfau.
Mit seiner Pracht er uns begeistert,
nicht wie die Maus im Dunkeln geistert,

er zeigt, was er hat, er ist stolz und mächtig,
er weiß eben, er ist prächtig.
Alle wollen eine Feder von ihm haben,
sich an dieser Schönheit zu Hause noch laben.
Aber wenn jeder ´ne Feder von diesem Vieh kriegt,
überlegt doch mal, wie es später aussieht.
Dann ist auch ein Pfau grau und
  kann nichts mehr tun,
dann sieht er aus wie ein gerupftes Huhn.

Da frage ich mich, will ich überhaupt so sein?
Und glänzen mit meinem Federkleid?
Ich habe doch was zu zeigen.
Ich muss doch nichts beweisen.
Ich könnte mit meinen Reden,
einen Anstoß zum Denken geben
und von meinem Leben erzählen,
euch ein Andenken mitgeben
und einen schönen Abend verleben.
Es wäre doch fantastisch,
  wenn manch einer später dann „sacht"
„Mann, habe ich heute wieder gelacht,
über diese Frau da auf der Bühne
  mit ihren Reimen,
so gehört habe ich das noch von keinem,
das hat mich wirklich arg berauscht.
Diese Feder will ich auch!"

Ich glaub, dazu müsst ich kein Pfau sein,
sondern einfach nur genau sein,
ohne zu wissen, ob es klappt,
einfach zeigen, was ich mach.

Kleide dich so, wie du wirken willst,
  aber ohne zu vergessen,
dass nicht das Aussehen gilt,
  sondern mit Emotionen zu treffen.
Das Stündchen Fleiß solltest du nicht schwänzen,
denn so kannst du mit Können glänzen.
Und im Anschluss dann,
  dann darfst du dich mit Schampus begießen,
denn was sagt mehr aus, als ein Auftritt,
  nachdem Tränen fließen?

Jeder hat was zu erzählen,
was, das soll er selbst sich wählen.
Im Endeffekt musst nur du allein,
zufrieden und glücklich mit dir sein.
Wenn du dich selber liebst,
dir auch deine Schwächen mal vergibst,
dann bist du wirklich autark,
dann bist du unabhängig, ehrlich und stark.
Kümmere dich erst um dich selbst und zwar
  mit Liebe zum Detail und ganz genau,
das ist nicht egoistisch, das ist schlau.

Hör auf zu zweifeln und sei lebendig,
beim Druckabfall im Flugzeug ist
genau das lebensnotwendig.

Ich bin jetzt frei und ungebunden
und auch wenn ich schon immer
gern gesprochen hab,
hab ich nun erst die Sprache gefunden,
mit der ich auszudrücken vermag,
was ich seit Jahren stets vertag,
sich aber in meinem Inneren
schon immer verbarg.

Wenn ich auf mein Leben zurück sehe,
hinnehme, was ich eh nicht verstehe,
meinen Weg Schritt für Schritt weitergehe,
dann mach ich mir einfach nichts mehr draus
und bin und bleib lieber die Maus.

MAUS

Du bist nicht mehr da

Ich vermiss dich. Unglaublich.
Deine Stimme zu hören, war mir stets ein Genuss.
Deine Hand auf meiner und zum Abschied ein Kuss.
All dies waren die schönsten Alltäglichkeiten.
Ich will nicht wahrhaben,
   dass sie mich nicht mehr begleiten.

Mein Blick hat sich ständig
   in deinen Augen verfangen.
Du warst jeden Morgen mein Sonnenaufgang.
Für dich hätte ich alles aufgegeben.
Du warst der Inhalt meines Lebens.
Wie soll mir das jetzt nicht mehr fehlen?

Unser erstes Treffen, als wäre es gestern gewesen.
Du schienst Gedanken in meinen Augen zu lesen.
Mein Herz laut schlagend,
   meine Hände schweißnass,
dein Lächeln umwerfend, deine Stimme mit Bass.
Alles war neu und dennoch vertraut.
Wir tranken Shandy und haben geraucht.
Ich sehe deutlich noch jedes Detail.
Mein Herz durchbohrt von Amors Pfeil.

Wenn die Sonne blendete,
   setztest du mir dein Basecap auf.
Egal wo wir waren, es war mein Zuhaus.

Du hast mich beschützt
und hinter deinem Rücken versteckt,
mir deine Wärme gegeben und mich zugedeckt.

Jetzt ist mir kalt. Ich bin allein.
Verdunkelt aller Sonnenschein.
Ein Anruf deines Kollegen Jack,
riss mir das Leben den Boden weg.

Denn du bist nicht mehr da.
Deine Seite des Bettes bleibt leer,
meine Hand greift ins Leere und
ich riech dich nicht mehr.

Vieles verblasst. Nichts macht mehr Spaß.
Ich versuche, alles von dir irgendwie einzuatmen,
um dich noch länger bei mir zu haben.
Aber du bist nicht da.
Dein Geruch lässt nach und nichts ist mehr,
wie es eben noch war.
Dein Kissen liegt auf meiner Seite,
fängt Tränen auf, wenn ich nachts weine.

Vom ersten Tag an versprachen wir uns,
miteinander und nicht um die Wette zu rennen.
Von Anfang an ehrlich, aufrichtig und niemals gemein,
ohne Geheimnisse, jetzt lauf ich allein.

Meine Hand bleibt in der Tasche,
keiner hält sie mehr fest.
Nichts ist mehr wichtig und nichts ist mehr echt.

Manchmal weiß ich nicht mehr weiter.
Ich will aufgeben, alles hinschmeißen,
denn es ist wolkig und nichts ist mehr heiter.
Aber selbst das schaffe ich nicht,
weil das Leben mir wichtig ist
und ich dir versprochen hab,
wir sind füreinander da.

Dein Kollege hat es richtig gemacht,
er hat mir deinen Gefährten gebracht.
Denn er wusste, ein Teil von dir
lebt weiter in deinem Tier.
Dass Diego mich braucht,
auf mich aufpasst und bellt,
es ist dein Hund, der mich am Leben erhält.

Er ist der treueste Freund und er tut mir gut,
ihn bei mir zu haben, macht wieder Mut.
Es bereitet mir Freude,
ihn über die Wiesen toben zu sehen,
mit ihm gemeinsam spazieren zu gehen.
Im Besonderen wenn die Sterne funkeln,
gibt er mir Sicherheit im Dunkeln.

Tagsüber lenk ich mich ab.
Ich bringe Blumen zum Grab.
Gäste kommen und gehen, aber dein Platz bleibt leer.
Nachschub oder Getränke holt niemand mir mehr.
Ich stehe nun selbst auf und laufe zum Kühlschrank,
es sind nur fünf Meter, aber gefühlt durch die Wand.

Auf viele Ratschläge meiner Mitmenschen
würde ich gerne verzichten.
Sie fühlen nicht mit, sondern sind altklug und richten
über meine Angelegenheiten,
Kraft zum Kontern gibt´s nicht,
ich kann nicht mehr streiten.
Über gebrochene Herzen zu urteilen,
finde ich falsch.
Für Schicksal gibt es weder zu jung noch zu alt.
Sie sollten in ihrem eigenen Garten harken
oder ihre Leichen selber begraben.

Denn du bist nicht mehr hier.
Dein Haken im Flur bleibt leer,
deine Jacke wirf Schatten auf Kanten,
sie hing jahrelang dort, aber jetzt nie mehr,
all das nur ein Abdruck meiner Gedanken.

Weil ich Angst vorm Segeln habe,
fuhr ich auf euren Törns nie mit.

Genoss stattdessen die Zeit für einen alleinigen Ritt.
Und Abends beim Essen auf dem Balkon,
erzählten wir uns gegenseitig davon.
Ich war stolz auf meinen Schwimmer, den Bootsmann.
Du prahltest über deine Frau,
die gut mit Pferden kann.

Wenn ich unterwegs bin, ist niemand mehr da,
der aussteigt und mir das Auto tankt.
Es ist niemand mehr da, der sich fürs Kochen bedankt.
Wenn ich esse und nur für mich alleine bin,
stell ich dir manchmal einen Teller hin.
Aber dein Platz am Tisch bleibt leer.
Unbesetzt. Du bist nicht mehr hier.

War mir die Portion zu groß, aßt du sie auf.
Dein halbleeres Shampoo brauch ich
nun jedes Mal auf.
Im Schränkchen im Bad breite ich mich aus.
Jeder Winkel bist du, es war dein Zuhaus.

Ich fühle mich krank. Jahrelang.
Denn du bist nicht mehr hier.
Nur einen Teil meines Lebens gab es ein Wir.
Manchmal hast du geschnarcht,
das hat mich beruhigt, weil ich wusste, du bist da.
Egal wo wir schliefen,

deine Seite war immer die rechte.
Deine Meinung zu mir, egal über was,
war immer die echte.

Unsere Rituale sind mittlerweile veraltet.
Aber ich kann nicht anders, ich will sie behalten.
Die Schachtel Pralinen ist immer noch da.
Sie ohne dich zu kosten macht keinen Spaß.
Den Einkaufszettel schreib ich noch immer
auf Spanisch.
Bei Taschenlampenlicht werde ich panisch.

Deinen Namen auf dem Klingelschild
kann ich nicht abkratzen,
ich werde ihn einfach so kleben lassen.
Post für dich kommt schon lange nicht mehr,
aber ich liebe es, deinen Namen zu lesen,
mein größter Wunsch: es wär mal meiner gewesen.

Ohne dich ist alles sinnlos.
Du warst für mich mein großes Los.
Auch wenn du nicht da warst,
spürte ich die Verbindung
und sie begleitet mich noch immer.
Ich weiß nicht, ob das gut ist
oder es nur noch verschlimmert.
Denn du bist nicht da.

Dein Geruch verschwunden und
nichts ist mehr so, wie es mal war.

Meine Stimmung im Abgrund,
nur Ecken und Kanten, nichts läuft mehr rund.
Diese Schmerzen und Sehnsucht kann
niemand lindern.
Wir waren uns einig: ich werd die Mutter
deiner Kinder.
Aber du bist nicht mehr hier.
Deine Liebe begleitet mich und
bleibt für immer bei mir.

Ich weiß, dass du nie wolltest,
dass ich unglücklich bin.
Ich werd nichts vergessen,
nur von vorne beginnen.
Es fällt mir leichter zu sagen,
ich tue all dies für dich,
aber das stimmt nicht,
denn es ist auch für mich.
Denn so kann ich beweisen und zeigen,
du lebst auch in mir ein kleines Stück weiter.

Du hast mir immer gesagt,
ich soll nicht aufgeben.
Deshalb werd ich für dich weiterleben

und deine Ideen weitergeben.
Das, was du liebtest, das lieb ich für dich,
deine Vorhaben und Träume erlebe nun ich.
Was du noch sagen wolltest, spreche ich für dich aus
und was mich runter zieht, schmeiß ich ab sofort raus.
Ich werde deinen Freunden sagen,
  wie wertvoll sie dir waren
und dass es schön wäre,
  sie würden wieder zum Zelten fahren.
Ich hör deine Musik, auch wenn Tränen fließen,
denn jede Erinnerung kann ich
  mit allen Sinnen genießen.
Und ich weiß jetzt, wer auch immer vor mir steht,
diesen Menschen hast du mir geschickt,
ganz ohne Worte, es reicht nur ein Blick.

Aufzugeben wäre manchmal so leicht,
  aber ich habe dir versprochen,
ich gebe nicht auf und werde das rocken.
Denn ich werde gebraucht.
Ich höre deine Worte
  „Vertrau deinem Bauch".
Und das mache ich jetzt,
  du kannst dich auf mich verlassen,
ich werde keine Chance unversucht lassen.
Ich fühl mich zwar schwach,
aber für dich bin ich stark.

Ich geh den Weg weiter
und das Wetter wird wieder wolkig bis heiter.

Ein Stück von mir ist mit dir gegangen,
aber das sieht kaum jemand der andern.
Du weißt, mein Herz wird dich für immer begleiten,
du bist Teil meiner Seele für alle Zeiten.

Auch wenn ich am liebsten dich nur für mich
  ganz allein haben möchte
und mir ohne dich nichts mehr besonders gefällt,
sag ich jedem, wer du für mich warst
  und teile es in der Welt.

weil ich weiß, egal was passiert,
  dass du bei mir bleibst.

Du akzeptierst mich, wie ich bin, sogar mit Kindern,
müsste ich wählen, mit dir würde ich überwintern.
Du bist der Grund, nichts mehr zu verhindern.
Du bist weich wie Daunen und stark wie ein Balken,
nur mit dir zusammen möchte ich alt werden.
Du bist Fuchs, Wiesel und Löwe, alles in einem.
Du beschützt mich und bietest mir Halt an.
Du bist wie die Taschenlampe im dunklen Wald,
vor dem ich mich nun nicht mehr fürchte,
denn du machst mir bewusst,
  dass ich alles dürfte,
was ich versucht habe aufzusparen,
nur aus Angst, wieder mal zu versagen.

Ich kann dir was verschweigen
  und du bist dennoch nicht böse,
ist das in der Zweisamkeit die perfekte Lösung?
Du sagst, du verstehst mich,
  vom Kopf bis zu den Zehen
und auch ich kann dich ausnahmslos verstehen.

Du bist soviel mehr für mich,
  als ich dir sagen kann.
Du bist mein „Aus-Eins-mach-Zwei",

wir sind gebunden und dennoch frei.
Du bist diese eine Liebe, die für immer bleibt.

Du bist die Blume in meinem Beet
und der Segen meines Gebets.
Du bist eine Feder auf meiner Haut,
du bist wie das Wasser in meinem Blau.
Du bist der Wolkenkratzer in meinem Himmel
und die Heizung meines Zimmers.
Du bist die Luft in meiner Matratze,
mein Asthmaspray, wenn ich schlecht atme.
Du bist die Nudel in meiner Suppe
  und das Ass in meinem Blatt,
seit dir leb ich von Luft und Liebe
  und bin seitdem für immer satt.

Du bist mein Licht am Ende des Tunnels,
die Sonne auf meiner Haut,
die Farbe in meinem Grau.
Du bist wie die Zartheit eines Schmetterlings
und besitzt die Stärke meines Instinkts.
Für mich bist du wie treue Hundeaugen,
durch dich kann ich an alles glauben.
Du bist mein Beschützer in der Dunkelheit,
mein großer Bruder, wenn mich jemand bedroht,
du kitzelst wie ein Marienkäfer,
der mir über den Unterarm krabbelt,

du bist das Rauschen des Meeres
und du kannst in meinen Armen weinen,
doch für mich besitzt du die Kraft eines Pferdes.
Du bist das Happy End meines Lebens.

Ruhige Stille

Ich mag mich nicht, so wie ich bin.
Das Wasser steht mir bis zum Kinn.
Mir ist alles zu viel, ich mag nicht mehr.
Will weg von hier und hin ans Meer.

Mein Leben ist nicht perfekt,
  auch wenn es so scheint,
ich bin viel zu oft ein kleines Mädchen,
  dessen Seele weint.

Ich zweifele an allem und vor allem an mir.
Bin kraftlos müde und will nichts mehr probieren.
Mein Regal und mein Herz sind eingestaubt.
Ich will Stille und Ruhe. Mir ist alles zu laut.

Vor Sorgen kann ich nicht schlafen.
Ich zähle nachts bis zu tausend Schafe.
Mich verfolgen Dämonen.
  Ich hab Depressionen.
Ich esse zu wenig aber meistens zu viel
und ich verlier bis zu vier Mal am Tag mein Ziel.

Ich hieß gern Jane,
  denn dann hätte ich einen Tarzan,
nach dem ich immer rufen kann.
Ich bräuchte Hilfe und Beistand,
aber reiche selbst unaufgefordert

täglich die Hand.
Ein Dankeschön erhalte ich nicht.
Nicht mal einen Blick in mein Gesicht.
Als wäre ich Luft oder eine Selbstverständlichkeit,
der Weg zu mir ist den meisten zu weit.

Die Schuld, die suche ich immer bei mir.
Vielleicht strahle ich aus, was ich ständig verlier.
Meine Achtung, die Haltung,
das Selbstbewusstsein,
ich gebe ich mich stark und fühle mich klein.

Ständig sage ich ja, obwohl ich nicht will.
Viel zu oft werd ich laut,
doch ich wär lieber still.
Ich wollt immer eine Katze,
das war mein innigster Wunsch,
jetzt hab ich zwei und nun will ich einen Hund.

Heftiger Wind soll mir keine Angst mehr machen.
Er soll mir Platz für Neues erschaffen.
Zeit zum Gedeihen und Wachsen
braucht alles im Leben.
Erst wenn man nimmt, kann man auch geben.

Ich will A dürfen, auch wenn ich B sag.
Ich will Gummibärchen essen,

auch wenn ich Diabetes hab.
Ich will im Dunkeln Licht sehen
und in jedem Vorfall den Sinn verstehen.
Ich will wollen dürfen ohne schlechtes Gewissen.
Ich will nichts Neues, lieber Altes vermissen.

Es wird sicher leichter, wenn ich verstanden hab:
Das Leben macht auch mit Tränen Spaß.
Ich will nicht mehr,
dass ständiger Zwiespalt an meinem Ego kratzt.
Ich will dick sein aber mich schlank fühlen.
Ich will nur noch Tränen der Rührung.
Ich will die Musik aufdrehen und laut mitsingen,
meine Gefühle zeigen und nicht mehr verhindern.

Wieso kann ich nicht Beides sein?
Ich bin schwach und stark zur selben Zeit.
Ich säh gern bunt aber fühle schwarz-weiß.
Die Heizung ist aus, aber vor Angst ist mir heiß.
Erst durch Bedeutung entsteht Wut.
Erst wenn ich Angst hab, bekomme ich Mut.
Für fast alles braucht es einen Ausgleich.
Wieso fühl ich mich ständig,
als ob ich nicht ausreich?
Ich lass mich beeinflussen von der Normalität.
Ich bin immer pünktlich aber denke „Zu spät".
Ich äße gern Torte, aber bin auf Diät.

Ich brauche dringend mehr Rückgrat.
Ich will mich wiederfinden und was ich mal hatt.
Spaß haben an Dingen, die ich mal tat.
Ich will nicht noch mehr wollen, als ich schon hab.
Denn nichts Materielles werde ich
  mitnehmen ins Grab.
Ich will noch nicht gehen. Ich will wieder leben.
Dankbar und besinnlich. Erwachsen und kindlich.

Ich will früher kommen und später gehen.
Beides ist möglich, das ich will endlich verstehen.
Es gibt kein oder entweder.
Es gibt auch stehende Räder.
Niemand schafft es, ununterbrochen zu laufen.
Essenziell wichtig im Leben sind Pausen.

Medien Glauben zu schenken
  und hinterher zu hecheln,
ist so als verbiete man den Wellen das brechen.
Wieso sagt man nicht, was man wirklich meint?
Wieso glauben wir, dass Liebe nicht heilt?

Mich erdrücken die Wände, die mich umgeben.
Ich teile immer nur aus,
  dabei müsst ich mal nehmen.
Einfach akzeptieren, was auf mich zukommt,
aber ich kann nicht glauben,

dass mir jemand was gönnt.
Das zu ändern, kann niemand anderes als ich.
Aber wie es funktionieren soll, verstehe ich nicht.
Im Hilfe und Tipps geben bin ich gut.
Für mich selbst was zu machen,
dazu fehlt mir der Mut.
Mein Kopf und mein Herz, die schreien lautlos zu mir:
Pack die Koffer, hau ab und schließ die Tür hinter dir.

Es muss keine Insel mit Sandstrand sein.
Eine Hütte im Wald für mich ganz allein,
irgendein Ortswechsel,
egal wie weit weg oder nah,
ich flieg oder laufe und bin irgendwann da.
Ich spüre, das brauch ich, das könnte es sein,
vom Regen durchnässt hin zum Sonnenschein.
Und so setz ich mich in den VW
und fahr mit Hund nach Plau am See.

Angekommen, sehe ich durch die Wolken
wieder Sonne.
Hier herrscht Ruhe und sie gibt mir Kraft
und ich merke, ich hab was geschafft.

Hier bin ich ich, hier will ich sein.
Ich bin nicht einsam, nur allein.
Hier sind die Ecken rund, mein Dunkel bunt,

die Kanten weich, die Wellen seicht,
der Schnee ist warm, das Wasser trocken
und mein Haar ist glatt mit Locken.

Hier bin leicht, auch wenn ich dick wär,
alles ist mühelos, was sonst so schwer.
Hier kann ich sein, wer ich wirklich bin,
zur Ruhe kommen mit meinem inneren Kind.

Hier ist die Stille ruhig und das Laute leise,
meine Gedanken klarer, meine Worte weiser
und ich fühl mich so viel reicher.
Reich an Liebe,
   Geborgenheit und Daseinsberechtigung,
an Lebensfreude und Lebensschwung.

Bin mit jedem Fremdwort auf einmal per du.
Kann wieder schlafen und komme zur Ruh.
Ich hab keinen Hunger und bin trotzdem satt,
die Schmerzen erträglich, mein Bauch wieder flach.
Ich hab keine Angst mehr vor der nächsten OP,
mein Kopfschmerz tut hier nicht mehr so weh.
Meine Probleme sind rosa und die Angst ist helllila,
bin morgens munter und abends nie wieder.

Ich fühl wieder Freunde und Freude,
verschwunden sind Ärger und Reue.

Als hätte ein Luftzug alles weggeblasen,
die Vögel singen und sitzen im Rasen.
Alles ist grün, idyllisch und schön,
ich kann besser atmen und klarer sehen.
Der See ist in Aufruhr, mein Sessel bequem,
die Boote schaukeln ohne unterzugehen.
Dieses Schauspiel ist Theater ohne Drama,
es ist wie Frieden wo Krieg war.
Und es spiegelt das Leben mit Wahrheit.
In mir erscheint wieder zufriedene Klarheit.

Die Fenster sind geputzt, der Blick ist herrlich,
ich seh in der Ferne Wärme und einen Habicht.
Ich fühl mich frei und gebunden zugleich.
Die Fülle der Schwere wird leicht.
Ich bin müde wach.
Meine Tränen haben Spaß.
Hier ist nichts wirklich und alles ist richtig.
Die Sorgen sind sorglos und nichtig.
Es sind unwirklich-wahrhaftige Momente,
wie Nudeln mit Spaghetti al dente.

Die Realität ist nah, die Zukunft weit,
ich bin nur für mich und trotzdem zu zweit.
Hier herrscht beruhigende Treue und endlose Zeit.
Meine Trauer ist glücklich und mein Neid ist weit.
Meine Unsicherheit ist weg.

Ich bin frisch gewaschen und sitz trotzdem im Dreck.
Nichts auf der Welt trübt mir die klare Sicht,
ich bin sorgenfrei leicht und fühle einfach mal nichts.

In meinen Fragen sind alle Antworten schon drin.
Ich sehe mich selber noch als spielendes Kind.
Tobend-stolpernd über Blumenwiesen
laufe ich hüpfend zu den lächelnden Bergziegen,
die so kuschelig weich
  wie schwarze Schafe dort klettern
und vierblättrig-grasgrüne Kleeblätter fressen.

Es riecht nach frischer Wäsche, ich trage ein Kleid,
ich fühle mich wieder in Sicherheit.
Meine Unzufriedenheit ist wie aufgelöst,
  ich kann plötzlich geduldig warten,
Träume sind hier Wirklichkeit,
  mein Pony steht vor mir im Garten.
Ich esse nicht-krümelnde Nüsse im Bett,
Chips machen schlank und der Nachbar ist nett.

Nachrichten sind durchweg positiv.
Alles im Umfeld läuft harmonisch und lieb.
Personal wird anständig bezahlt und behandelt,
ein Leben im Ausgleich, wenn´s nicht passt,
  wird gehandelt.
Die Betten sind hart, es gibt flauschige Kissen,

alles ist sauber, es gibt nichts zu vermissen.
Das Essen ist leicht verdaulich und fertig,
wird freundlich serviert,
  nicht zu heiß und ist gratis.
Hier schmeckt der Spinat
  nach Mozartkugeleis mit Sahne.
Ich hisse die Flaggen mit wehender Fahne.
Die Last auf meinen Schultern löst
  sich schwerelos auf
und den Baileys on Ice gibt´s täglich aufs Haus.
Ich muss hier auch keine Wäsche waschen
und darf ausnahmslos Schokolade naschen.

Ich bin leise laut.
Ich bin unaufhaltsam happy,
  denn ich hab mich getraut,
dem Frust und der Wehmut den Rücken zu kehren
und mich gegen meine negativen Gedanken
  zu wehren.

Bis ich verstanden habe,
  dass es dieses draußen nur drinnen gibt,
bleibe ich solange, bis ich mich selbst wieder lieb.
Bis ich im Außen mein Innen wieder find,
hör ich einfach auf mein inneres Kind.
Denn hier bin ich glücklich, hier darf ich so bleiben,
hier strahlt goldenes Gelb

auch in schwierigen Zeiten.
Ich hab verstanden, alles was ich brauche,
ist bereits hier.
Nicht der Ort oder Alltag, es liegt alles an mir.
Und sobald es verblasst und mir schlecht geht,
geh ich raus und seh zu wie der Wind weht.
Und wenn das Gras wieder trocknet,
so bleib ich mir treu,
denn ich weiß, es braucht nur Zeit
und dann wird es zum Heu.

Und mein Ja wird zum Nein.
So will ich bleiben. So will ich sein.

BAILEYS
ON ICE

Revival

Ich war auf ´ne Party eingeladen,
mit Leuten von früher und wollte es wagen,
dort einfach so vorbeizuschauen, daher sagte ich Ja,
was für meine Verhältnisse schon recht mutig war.
Also beschloss ich dort hinzugehen,
um mir das Geschehen mal anzusehen.

Nun muss ich los, bin schon spät dran,
frag mich noch immer, was zieh ich an?
Meine Lieblingsklamotten,
damit ich mich wohlfühlen kann.
Ein paar Stellen kann man sicher kaschieren,
es dürfte wirklich nichts passieren.
Ich bin nervös und weiß nicht warum,
denn eigentlich gibt's keinen Grund.

Es sind nur zwanzig Leute da,
ich seh deutlich bei jedem, was früher mal war.
In den einen war ich sehr verknallt,
da waren wir dreizehn Jahre alt.
Mit ihm hab ich echt viel erlebt,
was mich bis heute hat geprägt.
Den allerersten Blues getanzt,
da fing das mit der Liebe an,
das erste Mal einen Körper gespürt,
das hat mir beim Tanzen die Luft abgeschnürt.
Ich dachte nur „Was muss ich tun?",

ich war die Vicky in La Boom,
bisher waren Jungs für mich tabu,
ich machte meine Augen zu
und genoss den Tanz,
so voll und ganz.
Bis dann der Plattenspieler,
wieder spielte schnellere Lieder.

Jetzt sitzt er mir dreißig Jahre später gegenüber,
mir wird leicht mau, schaue ich zu ihm rüber,
denn er versprüht noch immer diese Magie,
ich frage mich, bin ich wieder verliebt?
Ich hab keinen Macker und will auch keinen,
bin überzeugter Single und gern alleine.
Aber irgendwas hat dieser Mann,
denn ich höre es deutlich: mein Herz klopft an.

Die Idee war schon cool,
sich wiederzusehen in solch einem Tool,
wo wir uns kennen seit dreißig Jahren,
als wir damals Kinder noch waren.

Es irgendwie Vertrauen erschafft,
wenn man zusammen verbringt die Nacht,
ich mein jetzt das gemeinsame Schlafen
  verschiedener Arten,
zum Beispiel das Übernachten auf Klassenfahrten.

Wie mit Typ Nummer Zwei, ich nenn keine Namen,
war stets ein liebenswerter Knabe.
Ich mochte ihn immer und mag ihn noch,
ich sehe noch deutlich im Sneaker das Loch,
der Turnschuh hinten schon angerissen,
er trat mir in den Hacken und hat aufgerissen,
somit bis zum Anschlag
  meinen geliebten Schuh,
die Jeans mit Löchern und in Dark Blue.
Ob auch er sich noch daran erinnert?
  Ich denke bestimmt.
Jetzt gerade erzählt er
  von seinem ungeborenen Kind.
Ich selbst hab schon drei, die Große ist zehn,
daran merke ich, wie die Jahre vergehn.

Nummer Drei
Gut sieht er aus, nicht wirklich viel älter,
und ich muss sagen, auch jetzt noch gefällt er.
In der sechsten Klasse fing es
  mit Telefonstreichen an,
bis wir dann in der achten zusammenkamen.
Ich hatte Bedenken, ihn wiederzusehen,
am liebsten hätte ich mich verkrochen,
denn auch er hat mir einmal das Herz gebrochen.
Er war was Besonderes, liebevoll und akkurat,
und jetzt gerade lobt er meinen Gurkensalat.

Gedanklich in Wannsee am Klettergerüst,
er war meine Liebe und hat eine andere geküsst.
Ein letztes Treffen an der Anlegestelle,
ich warte darauf, dass sich die Stimmung erhelle.
Er sieht meine Hände und fragt, was ich gebatikt hab,
dabei stand ich Haare färbend im Bad,
von rot auf schwarz, aber das sah er nicht,
denn er schaute nicht mehr in mein Gesicht.
Und das brach mir innerlich das Genick.

Ich hab noch nicht mal meiner Mutter geschrieben
und jetzt slamm ich für meine Jugendliebe.
Aber ich muss einfach sagen, was mich bewegt,
hab ich bisher meistens anders gelebt,
alles heruntergeschluckt, in mich hinein,
war nicht ich selbst, sondern nur Schein.
Ab heute soll das anders sein.

Wir hören *Mundraub* und ich kann nicht leugnen,
manch einer von hier kam vor in Geträumtem.
Ich sag aber nicht von welchem der Jungs,
denn noch immer träum ich von ihm recht bunt.

Nummer Vier
Was soll man nach so vielen Jahren erwarten,
eher Hartz IV oder Villa mit Garten?
Managertyp oder Familie Lodder?

Vor mit steht nun der hübsche Herr Motta.
Er kann sich nicht an meinen Namen erinnern,
aber auch dies kann Sympathie nicht verhindern.
Wir waren so oft unterwegs, auf Partys,
saufen und essen,
ich weiß noch alles genau und
er hat mich einfach vergessen.
Viele Fans hat er gehabt, mich nicht,
daher bin ich nicht sauer,
gerade erfahr ich, er ist renommierter Geigenbauer.

Typ Nummer Fünf war mein bester Freund,
sieht auch aus wie immer, trainiert und gebräunt.
Nur dass sich das verändert hat,
dass er nicht allein erscheint,
ein Mädchen an seiner Seite, somit sind sie zu zweit.
Begrüßt werd ich nun nur noch von Weitem,
das allerdings lässt mich leicht daran zweifeln,
denn ist das, was er seiner Liebe verschweigt,
dann wirklich für die Ewigkeit?
Ich spiele mit und gehe auf Abstand,
ich wünsch ihm doch Glück und nenne es Anstand.
Auch wenn wir uns so lange kennen und schätzen,
muss ich das nicht verstehen und finde es ätzend,
aber dennoch werde ich auch
das nächste Mal da sein,
wenn er mich besucht, um sich auszuweinen.

Wir haben schon so viel zusammen durchgemacht,
was uns verbindet, hat mehr Macht,
es ist mehr ein Tau als ein Faden,
ich denke, zur Hochzeit werde ich eingeladen.

Nummer Sechs
Es ist schon spät. Es klingelt. Da steht er: Der Grieche.
Ach, was konnt ich den gut riechen.
Sofort fällt mir alles wieder ein,
mit ihm wollt ich für immer sein.

Sein Blick war weich, sein Körper hart,
er trug Jeans, Doc Martens und meistens Bart,
ein rauer Typ, aber zu mir war er zart.

Zeit gemeinsam verbrachten wir reichlich,
dass wir zusammenkamen war unausweichlich.
Als er mich erblickt, kommt er auf mich zu,
seine Haare wie immer, ein neues Tattoo.
Er beugt sich zu mir, die Hand auf meinem Rücken,
ich bekomme kaum Luft,
  es scheint mich zu erdrücken.
Aber das macht mir nichts aus,
  ich will nur noch hier raus,
das ist zu viel Feuer, das halt ich nicht aus.
Wir reden und lachen und er erinnert mich daran,
dass ich es war, die damals nicht kam.

Er flog nach Hause, um seine Mutter zu pflegen,
vorher bat er mich, mit ihm zu leben,
ich aber, ich ließ ihn gehen.

Seine Mutter lebt nun leider nicht mehr,
aber er wohnt noch immer und glücklich am Meer.
Er schaut mir in die Augen und sagt,
sein Angebot von damals beim Zelten,
würde für mich noch immer gelten.

Zum Abschied küsst er meine Hand,
ich fahr nach Haus und träume von Griechenland.

Inspirationsgeber

Du fragst, woher kommt meine Inspiration?
Sie kommt aus der jeweiligen Situation.
Ich verarbeite damit meine Emotionen.
Ich lasse mich gerne motivieren,
denn ich hab nichts zu verlieren.
Endlich auf meine Gedanken hörend,
kann ich mich ausdrücken und versöhnen,
mich mitteilen und rauslassen,
was mich bewegt und ausgelassen
zeigen,
wie ich mein Leben leb beizeiten,
ich muss nämlich niemandem mehr was beweisen.

Das ist meine Art des Verdauens.
Das ist meine Art des Glaubens.
Es ist alles da, schon in mir drin,
ich zeige hiermit nur, wer ich bin.
Anscheinend bin ich mehr ich selbst,
was manchen nicht und anderen ganz gut gefällt,
wie dir, so glaube ich, zu spüren,
dass ich mit Worten kann berühren,
obwohl ich gar nichts wirklich mache,
außer auf meine Gefühle achte.

Etwas tun dafür musst du nicht,
alles Entstehen erschafft mein inneres Ich.
Stück für Stück schreib ich Wort für Wort,

den Rhythmus im Ohr, trägt er mich fort.
Ich sehe die Zeichen, fange an zu zeichnen
  und lasse mich leiten,
und ab und zu verliere ich mich
  in meinen eigenen Zeilen.

Meinen Rhythmus, den schreibt mein Herzschlag
und endlich merk ich, was ich zu sagen hab,
früher hätte ich mir das niemals zugetraut,
da hätte es ganz andere Brücken gebraucht,
du bist der Anlass –
  ich spreche es nun einfach aus,
denn irgendwann ist es zu spät,
ich lasse mich leiten auf meinem Weg.
Seine Gedanken kann man lenken,
aber nicht immer einfach ändern,
ab und an sein Inneres zu zeigen,
kann ab und zu auch Größe beweisen.

Am Haus vor der Bank
sitzt du am Hang
und meditierst,
ich fühle, ich bliebe gerne noch hier.
Deine Ruhe bringt mich aus der Fassung,
du strahlst was aus und ich könnte es lassen,
dir das zu sagen, mach ich aber nicht,
stattdessen schreib ich dir ein Gedicht.

Ich weiß, was ich nicht und was ich will,
mit dir, glaub ich, ließ sich gut chillen.
Oft bin ich sehr gern allein,
jetzt aber wär ich lieber mit dir zu zweit.
Ich hoffe, dass dich
diese Ehrlichkeit nicht verschreckt,
aber es ist meine Wahrheit und sie ist echt.
So ist es oft, ich verarbeite das, was eben passiert,
dann schreib ich drüber oder singe ein Lied.
Ich mag auch nichts abchecken,
ich will einfach in
geschriebenen Büchern blättern
und mein angestautes Sein wieder glätten.
Denn was kann es Besseres geben,
als Situationen erleben
und Erinnerung schaffen, an sein eigenes Leben?

Du fragtest, das gab mir Ansporn
und jetzt bekommst du eine Antwort.

Du schläfst unter freiem Himmel, auf dem Trampolin,
dein Hund liegt bei und unter dir,
mein Fenster offen, so nah bei mir,
bist du entfernt,
ich muss gestehen, ich hab dich gern.
Wach liegend hab ich so vieles überlegt
und am liebsten hätte ich mich daneben gelegt.

Du sagst, dass du meine Kinder magst,
so wie du, hat mir das noch keiner gesagt,
dass mich das freut, hast du, denk ich, gesehen,
ich weiß nicht warum, aber du kannst mich verstehen,
ich seh deine Augen und fang an zu glauben,
dass wir irgendeine Verbindung haben,
aber auch hier: Das ist nur eine Ahnung.
Du bist so unsagbar interessant,
ein cooler Typ, ein schöner Mann
und meine unglaublich hohe Wand,
die ich so schön hab aufgebaut,
zerbröckelt gerade zu feinem Staub.

Du fragst, woher kommt meine Inspiration?
Sie kommt aus der jeweiligen Situation.
Ich schau dich an und erzähle von mir.
Die Inspiration kommt diesmal von dir.

ICH BIN ICH

Wer bin ich? Ich bin ich. Reicht das nicht?
Muss man was sein? Nur so zum Schein?
Muss man was beweisen? In gewissen Kreisen?
Irgendwelche Papiere besitzen und vorlegen,
damit sie dich respektieren und dir was vorleben,
was so gar nicht ist, was dir nicht entspricht,
nur weil das der Vaterstaat oder dein Vater sagt,
aber wer hat eigentlich dich gefragt?
Wird man nur mit einem Titel anerkannt,
oder reicht es auch aus, ist man wortgewandt
und nimmt die Zügel selbst in die Hand?

Also ich hab keinen Bock mehr,
mich ständig fürs Ich Sein entschuldigen zu müssen.
Ich denke, also bin ich *
  und mir liegt die Welt zu Füssen.
Ich will die anderen lassen,
  wie sie sind und so sein, wie ich sein will.
Und wenn einer sagt, er will nur chillen,
dann soll er bleiben, wie er will,
ob er studiert ist oder nicht,
trägt für mich doch kein Gewicht,
sondern ob er höflich ist.

Schön wäre es doch, wenn man sich urteilsfrei macht,
aber wissen tue ich, Wertfreiheit bestünde nicht mal,
wären wir alle nackt.

Wir würden weiterhin beurteilen,
  wer wie sitzt oder wie wer geht,
ob was hängt, oder wie was steht.
Wir gucken angewidert
  auf einen dicken Bauch
oder staunen „Dieses Tattoo will ich auch."
Debattierend ob falsch oder echt,
klagen wir „Die Welt ist nicht gerecht."
Wir würden denken „Der lässt sich aber gehen",
oder „Das Sixpack da, das lässt sich aber sehen."
In unserer intimsten und verletzlichsten Art,
können wir rau wirken oder ganz zart.

Wir versuchen, uns zu verstecken,
damit wir nirgendwo anecken
und versuchen uns zu identifizieren,
damit wir uns nicht selbst verlieren.
Anstatt zu laufen mit den Massen,
ständig auf der Suche, nie was zu verpassen,
sollten wir uns selbst mal an die Nase fassen
und kapieren, es ist weitaus besser hier,
  als zu krepieren.

Ich hab mich selbst ganz oft verrenkt,
weil´s mir wichtig ist, was mein Gegenüber denkt.
Nur weil jemand anders ist,
  ist er kein schlechter Mensch.

Wenn dir nicht passt, wie ich mich geb,
was ich mach und wie ich leb,
geh deinen Weg und lass mich in Ruh,
denn in Dingen, die du nicht sehen kannst,
bin ich nicht anders als du.

Ich trag Öko-Klamotten und kein Nicki,
stehe nicht auf Schickimicki,
ich hör die Fantas und mag den Michi.
Bei mir gibt's kein Tic Tac,
ich brauche kein Schnickschnack.
Ich bin genügsam, aber nicht einfach.
Ich bin stark, aber manchmal auch schwach.
Ich weiß, was ich will und ich weiß, was ich brauch.
Ich bin eher still, aber lach gerne laut.
Und ich mein, ich hab Geschmack,
denn ich trag seit Jahren Chucks.
Damit kann ich mich identifizieren,
ausdrücken und in gewisser Weise
sogar individualisieren.
Es scheint nur eine Kleinigkeit,
aber gibt mir große Sicherheit,
als gäbe es einen Wohlfühlfaktor darin
und indirekt ich dann mutiger bin.
Es verändert mein Auftreten,
ich kann darin aufleben,
ein gewisses Selbstbewusstsein hervorheben

und mir besser selbst vergeben.

Ich bin dann mehr ich. Aber wer bin ich eigentlich?
Also so richtig und genau,
ich bin Mutter, Schwester, Frau,
gelernt hab ich Hotelfachfrau,
aber das ist lange her
und interessiert nicht wirklich mehr.
Denn das ist nicht das, was sie in Verbindung
 mit mir bringen sollen,
ich will, dass sie meine Worte wollen.

Ich schreibe nicht für den Applaus,
es ist in mir drin und es muss heraus,
und aus diesem Grund, stell ich mich hier hin,
obwohl ich mein, das ist nicht mein Ding,
denn auch ich frag mich noch, wer ich bin.

Ich selbst möchte aufhören mit diesen Abstufungen,
all das aufzuschreiben, ist kein Hobby,
 das ist meine Berufung.
Jeder sollte so sein, wie er sich selber fühlt
und ich bin bei mir, wenn ich mit Worten berühr.

Was mein Weg mir noch bringt, kann ich nicht ahnen,
aber vielleicht mach ich
 mir irgendwann einen Namen,

von dem dann die Leute reden und erzählen,
  als wär was gewesen,
vielleicht hab ich sie infiziert,
  zum Nachdenken inspiriert
und angehalten, dass niemand seine Seele verliert.
Wenn man öfters mal in sich geht,
versucht, die Welt mit anderen Augen zu sehen,
kann man vieles eventuell besser verstehen.
Auch ein Gewitter kann ein schönes Bild abgeben
und unter dem schönsten Sonnenstrahl
  kann es anfangen zu regnen.
Das Leben ist nun mal nicht gerecht,
auch ich werde älter, aber jünger geschätzt
und ich spreche das aus, denn nur so bin ich echt.

Manchmal ist das Leben einfach beschissen,
das zumindest, habe ich begriffen.
Aber genauso habe ich kapiert,
dass all dies nicht nur mir passiert.
Von außen so unterschiedlich wie Bettler und Scheich,
ist von innen doch vieles gleich.

Hört auf, euch an Äußerlichkeiten festzuklammern,
es bringt rein gar nichts nur rumzujammern,
schaut ab und zu hinter die Fassade und denkt daran:
Es ist nie zu spät, um anzufangen.
Ich bin, was ich bin.

Ich bin erwachsen, aber dennoch Kind.
Ich habe mir meinen Titel gerade selber gewählt,
denn so bin ich ich und nenn mich Poet.

* *Zitat: René Descartes*

ES LIEGT NICHT AN DIR

Wenn sich Eltern trennen oder scheiden,
sind es oft die Kinder, die stimmlos leiden.
Man wird nicht gefragt, was man selbst davon hält,
wenn durch diesen Bruch die Welt
für einen so kleinen Menschen in sich zusammenfällt.
Vorerst sieht es aus wie ein heiliges Glück
und auf einmal wird das Heimatgefühl zerdrückt.
Es wird Opfer geben wie bei Erdbeben,
wenn aus Liebe Hass wird, und das zu erleben,
trifft so oft die Falschen, unsere Kinder,
und dennoch gibt es Wege,
  diesen Schmerz zu lindern.

Es wird Neues entstehen,
es wird weiter gehen,
und auch wenn es schwer ist,
man darf niemals aufgeben,
an die Liebe zu glauben und sich zuzutrauen,
dass das, was jetzt ist, auch wieder vorbeigeht,
für einen Neuanfang ist es niemals zu spät.

In so jungen Jahren
hast du schon erfahren,
wie es sich anfühlt, anders zu sein,
aber weißt du was, das ist nicht wahr,
  du bist nicht allein.
Ein Anders, das gibt es nämlich nicht,

keiner ist gleich und jeder trägt Gewicht
auf seinem Rücken oder den Schultern,
aber du musst wissen, du hast keine Schuld daran!

Wenn andere streiten und du in der Mitte stehst,
schliess die Augen und sieh zu, dass du weitergehst,
man darf auch zanken
  und sich dann wieder verstehen.

Erwachsene machen Fehler wie Schürfwunden,
innerhalb von Stunden oder Sekunden,
die dich prägen werden und stark machen,
auch wenn du jetzt weinst, du wirst wieder lachen.
Du bist noch viel zu klein für so große Themen,
und du musst auch nicht immer alles verstehen.

Wenn deiner Mutter mal wieder die Stimme bricht,
denke dran, dass sie es ist, die nicht glücklich ist.
Aus Gründen, die nichts mit dir zu tun haben dürfen,
das Leben besteht nicht aus Angst und Vorwürfen.
Wenn dich jemand klein macht,
dich ärgert oder auslacht,
liegt das niemals an dir, sondern am Gegenüber.
Lass es vorüberziehen und halt
  dich an deinen Bruder
und die anderen Menschen,
  die dich lieben und für dich da sind

und die nicht vergessen: Du bist noch ein Kind.
Diese Welt, in der wir leben und lieben,
ist deine Heimat und deine Familie.
Wenn dir jemand die Hand reicht, nimm sie!
Trau dich, du wirst nichts verlieren!
Umgib dich mit denen, die dir gut tun,
wo deine Zweifel verschwinden und ausruhen.
Lass zu, wenn Menschen auf dich zugehen,
es gibt sie, die, die dich verstehen
und dir helfen, auch schwere Zeiten zu durchstehen,
die dir Mut machen und für dich da sind,
die erkennen, wer du bist: ein wertvolles Kind.

Du bist einzigartig,
 auch mit Schwächen und Krankheiten,
dass, was ich in dir sehe,
 wird dich für immer begleiten,
ich will dir Wege ebnen und
 du kannst jederzeit mit mir reden.

Wenn ich sehe, dass du traurig bist,
 zerreißt es mir das Herz,
und könnte ich, würde ich dir
 alles abnehmen von deinem Schmerz.
Vielleicht hilft es, zu wissen, du bist nie alleine
und auch die Sonne wird wieder scheinen.
Wenn du denkst, heute ist wieder mal alles Scheiße,

lenke dich ab und mach einfach weiter.
In jedem Leben gibt es ein Auf und ein Ab,
mach solange weiter, bis es klappt.
Du bist ein so toller Junge, ich sehe das deutlich,
du bist Profi im Pipeline und das verdeutlicht,
dass du auf das schauen sollst, was du kannst,
  was dir Freude bereitet,
als großer Bruder, Krav Maga Sportler,
  mach immer weiter!
Lass dich nicht unterkriegen, nimm das als Ventil,
Verteidigungssport ist vielleicht auch ein Ziel,
sich nicht nur körperlich wehren zu wissen,
es kittet auch innen all das, was zerrissen.

Fäuste und Schreien sind keine Befreiung,
bleib ruhig bei dir, auch bei Beleidigungen.
Wenn dein Herz weiß,
  dass jemand an deiner Seite steht,
wird auch ein großer Schritt leichter auf deinem Weg.

Hilfe anzunehmen ist keine Schwäche,
um Verzeihung zu bitten kein Gebrechen.
Laut sagen zu dürfen, was man denkt oder fühlt,
lässt den anderen sehen, was dich berührt.

Wir alle sind irgendwie anders und gleich,
denn alle erleben mal Freude mal Leid,

sag, wenn´s dir schlecht geht, denn das befreit.
Du bist nicht schwach, weil du Diabetes hast,
auch wenn dir das viele schlechte Tage macht.
Das Leben ist im ständigen Wandel,
du musst selber entscheiden und dann handeln,
nimm Hilfe an und lass zu, wer dich mag,
und an anderen Tagen bist du wieder stark.

Ganz egal, was irgendwann aus dir geworden ist,
ich will nur, dass du glücklich bist.
Ich fang dich immer wieder auf
und zeige dir den Weg bergauf.

WÜNSCHE

Ich wünsche mir, das Gute zu sehen.
Ich wünsche mir, an der Uhr zu drehen.
Ich wünsche mir, ich könnte einigen sagen,
was sie mir bedeutet haben.

Ich wünsche mir Glück.
Ich wünsche mir meine Gesundheit zurück.
Ich wünsche mir Einsicht in vielen Dingen
und Ungerechtigkeit zu verringern.

Ich wünsche mir nichts Materielles.
Ich wünsche mir wirklich nichts Spezielles.
Ich wünsche mir, dass jemand Zeit mit mir verbringt,
mich hält und in die Arme nimmt.

Ich wünsche mir, für jemanden wichtig zu sein.
Ich wünsche mir mehr Sein als Schein.
Ich wünsche mir, kein schlechtes Gewissen zu haben
und was ich denke, auch zu sagen.

Ich wünsche mir Respekt.
Ich wünsche mir ein Leben in Echt.
Ich wünsche mir, meine Träume nicht zu verlieren
und die Zuversicht, mich zu verlieben.

Ich wünsche mir, nichts nachzutragen.
Ich wünsche mir, mehr nachzufragen.

Ich wünsche mir noch Zeit,
die mir auf Erden bleibt.

Ich wünsche mir, auch zu vergeben.
Ich wünsche mir statt nehmen, geben.
Ich wünsche mir keinen Heiligenschein,
sondern mit mir zufrieden zu sein.

Ich wünsche mir, dass es nicht mehr wehtut.
Ich wünsche mir mehr Mut.
Ich wünsche mir, dass du da bist,
an mich denkst, mich nicht vergisst.

Ich wünsche mir, nicht mehr zu urteilen.
Ich wünsche mir Klarheit in manchen Zeilen.
Ich wünsch mir Augenblicke zum Verweilen
und meine Liebe zu verteilen.

Ich wünsche mir, nicht mehr zu meckern.
Ich wünsche mir, mehr Leben zu retten.
Ich wünsche mir für alle Betten,
einen Unterschlupf bei Wind und Wetter.

Ich wünsche, es gäb keine Eifersucht mehr.
Ich wünsche, dir fiele Ehrlichkeit nicht so schwer.
Ich wünsche mir, dass man hält, was man verspricht,
mehr entspannt sein als erpicht.

Ich wünsche mir, manchmal loszukommen.
Ich wünsche mir, endlich anzukommen.
Ich wünsche mir, Beachtung zu erhaschen,
mit Können Freunde überraschen.

Ich wünsche mir, dich zu verstehen.
Ich wünsche mir, Proben zu bestehen.
Ich wünsche, weiter meinen Weg zu gehen,
mit der Gewissheit nicht umzudrehen.

Ich wünsche mir mehr Zuversicht.
Ich wünsche mir von dir Verzicht.
Ich wünsche, dass es leichter wäre,
für meine Mühen manchmal Ehre.

Ich wünsche mir, zu schätzen was ich hab.
Ich wünsche mir, es dem zu sagen, den ich mag.
Ich wünsche mir, nicht zu vergessen, wer man ist,
und dass es nichts aussagt, wer was besitzt.

Ich wünsche mir, mehr abzugeben.
Ich wünsche mir, was aufzuheben.
Ich wünsche mir, nicht zu vergessen
und für die ganze Welt genug zu Essen.

Ich wünsche mir, wertgeschätzt zu werden.
Ich wünsche mir Frieden auf Erden.

Ich wünsche mir, füreinander da zu sein,
mehr gemeinsam als allein.

Ich wünsche mir mehr Akzeptanz.
Ich wünsche mir weniger Ignoranz.
Ich wünsche mir kein Betrügen
und Ehrlichkeit statt Lügen.

Ich wünsche mir, öfter Größe zu zeigen.
Ich wünsche mir, Aufrichtigkeit zu beweisen.
Ich wünsche mir Silvester ohne Knallen,
gegen Rechts die Faust zu ballen.

Ich wünsche mir, mehr Wichtiges zu machen.
Ich wünsche mir, Unwichtiges zu lassen.
Ich wünsch mir auch, dass es an Silvester schifft,
sodass kein Knaller ein Lebewesen trifft.

Ich wünsche mir das Sprengen der Grenzen.
Ich wünsche mir mehr Menschen, die denken.
Ich wünsche mir, dass niemand Geld verschwendet,
stattdessen für gute Zwecke spendet.

Ich wünsche mir besser zu schlafen.
Ich wünsche mir weniger Zählen der Schafe.
Ich wünsche mir für Ungerechtigkeit Strafe
und in einigen Situationen die Hilfe des Staates.

Ich wünsche mir, dass du an meiner Seite stehst,
auch wenn der Wind von Vorne weht.
Ich wünsche mir, dass mehr verstehen,
dass GEBEN wichtiger ist als NEHMEN.

FANPOST 2

Ich habe einen Text geschrieben
und hoffe sehr, er wird ihn lieben.
Es ist für einen Mann,
der auf der Bühne stehen kann.
Er spricht faszinierend, man nennt es Slam.
So gern würde ich ihn sehen und küssen,
nur für Letzteres müsste er von mir wissen.
Vielleicht ist es hilfreich, nach Hamburg zu fahren,
um dort einen persönlichen Blick zu wagen?
Würden wir uns erkennen,
  würde das dann Früchte tragen?
Und müsste ich im Anschluss
  meine Rückfahrt vertagen?

Ehrlich gesagt, hab ich gar keine Zeit,
ist doch der Weg für ein Stündchen zu weit.
Und doch würde ich´s bringen,
ein Geständnis erringen,
es lauthals zu sagen, was entstand erst vor Tagen,
nach einem kurzen Eindruck in ein Gedicht
und einem langen in sein Gesicht.
Wollt ihr wissen, wen ich mein?
Für wen der Akteure ich reim?
Noch verrate ich das keinem.
Erst wenn ich vor der Bühne steh,
mein Herz schnell schlägt, weil ich ihn seh,
dann heb ich winkend meine Hand

und hoffe sehr, ich werd erkannt.
Und wenn er endlich mich dann fragt,
dann sag ich laut und deutlich Ja!

Fragt ihr mich, für wen ich die zweite Karte brauch?
Das frage ich mich allerdings auch.
Höchstwahrscheinlich brächte ich für diesen Ritt,
meinen Hundesitter mit.
Also wenn ich gewinn und ihr ladet mich ein,
fahr ich los und sage nicht nein.
Fairerweise aber möchte ich sagen,
so dringend will ich die Karten gar nicht haben,
ich denk mir nur, jetzt ist die Zeit, es mal zu wagen.
Könnt ihr das verstehen?
Wie soll er mich sonst jemals sehen?

Eingereicht zur Verlosung für Eintrittskarten für
ein Poetry Slam Open Air in Hamburg 2019

SO WIE DU BIST

Du sprichst viel zu schnell
und das generell,
nuschelst in einen Bart, den du gar nicht hast.
Bist du aufgebracht, wird es schlimmer,
viele verstehen gar nichts,
ich verstehe immer.

Die anderen hängen an meinen Lippen,
du wünschst dir, könnt die Zeit schneller ticken.
Kannst nichts anfangen mit meinen Geschichten,
liest nicht zu Ende, ich will nicht richten.
Denn es ist auch ein wenig für mich,
es ist mein Weg, aber dein Gedicht.
Entstanden durch Gedanken an dich,
erfreuen kann ich dich damit nicht.
Du verdrehst die Augen, denkst dir „Hab Erbarmen!",
aber heute ziehe ich´s durch,
heute gibt es keine Gnade.
Ich werd´s aufschreiben,
ich werd´s vortragen,
heute werd ich dir alles sagen.

Es ist dein Geburtstag,
ich hab kein Geschenk dabei,
aber das ist mir einerlei,
Willst du lieber Sachen?
Ich will lieber was machen.

Ein Event, daran könnten wir uns erinnern,
ich nehm dich mit zu den Beginnern.
Mit leeren Händen kommen wir eh nicht, mitnichten!
Du bekommst Bilder von deinen Nichten.

Und noch dazu lass mich kurz reden
und dir erklären,
ich will dich nicht quälen,
ich kann mich einfach nur nicht wehren.
Vielleicht ist es so geschickt?
Poetry Slam cooler als ein Gedicht?
Sehe ich Stolz in deinem Gesicht?
Das wäre eine Ehre für mich!

Worauf kommt es im Leben an?
Immer nur auf Frau und Mann?
Danach möchte ich mich nicht richten,
ich schreib meine eigenen Geschichten,
und auch wenn´s mir nicht egal ist,
was die anderen sagen,
irgendwann muss man diesen Schritt wagen.
Wenn du dich nicht wohl fühlst, in dir drin,
kannst du im Leben nichts mehr gewinnen.

Lass dich nicht unterkriegen, in dem, was du machst,
wird dir ständig erzählt, was du alles nicht schaffst.
Aber ich schaue dich an und sehe, was du kannst.

Mir ist bewusst, dass du nicht einfach bist,
aber ich nehm dich so, wie du eben bist.

Lass das Materielle sein,
das ist doch sowieso nur Schein
und hilft nur kurz beim Glücklichsein.
Du hast es selbst in der Hand.
Du bist dein eigener Mann.
Du bestimmst, was du hast und was du lässt,
was du magst und was dich stresst.

Natürlich kannst du nicht nur zuschauen,
du musst dir deinen eigenen Weg bauen,
und dir was zutrauen!
Manchmal hilft reden,
manchmal nur gehen.
Manchmal zwingt es jeden in die Knie,
man muss was tun für Harmonie.
Leicht ist es für keinen,
du selbst entscheidest,
willst du zu zweit sein oder allein?

Du hast alles, was du brauchst,
mir ist es egal, was du so rauchst,
aber du hast drei Frauen, die auf dich bauen,
zwei davon, die zu dir aufschauen,
für die beiden solltest du alles geben,

für diese lohnt es sich zu leben.
Du weißt das, du machst das,
auch wenn´s nicht immer Spaß macht,
aber was soll ich hier groß reden,
du bist erwachsen, so ist das Leben.

Schieb all die Zweifel nur einmal beiseite,
egal was du tust, ich bin auf deiner Seite.
Ich weiß, wie du bist,
ich weiß, wie du tickst,
denn ich war ja dabei,
wir waren zu zweit.
Ich kann gut Geschichten packen in Worte,
gehe gedanklich zurück an die Orte,
kann das Geschehen sehen,
  wo das Geschehen geschehen,
das Erlebte bebte und Eindrücke hinterließ,
wie unser Leben verlief.

Unsere Gedanken sind so oft gleich,
egal, wie schnell die Zeit verstreicht,
sie kommen herauf aus dem Dunkel ans Licht,
dabei wollen wir das eigentlich nicht.
Das soll doch keiner sehen,
denn es tut noch immer weh.
Also lasst mich bloß in Ruhe
nach all diesen Jahren,

mit all diesen Fragen,
denn all diese Narben
sind immer noch zu sehen,
nichts ist ungeschehen,
es ist in uns drin,
lasst mich so, wie ich bin:
ein innerlich verletztes Kind.

Ich will dir hiermit nur sagen,
in all diesen Tagen,
ich bin für dich da, wann immer du willst,
mach dich frei, sei dabei,
bleib bei dir
oder komm zu mir
egal, wann und wie,
ich steh immer zu dir.

Heute sage ich dir, dass ich dich liebe,
ich, deine Schwester,
deine Familie

SONNENKIND

Ohne kann es keiner sein.
Ohne gibt es keinen Schein.
Ohne es kann nichts gedeihen.
Es kann nichts wachsen oder atmen,
ob im Haus oder im Garten,
zum Funktionieren und Erhalten,
lässt sich von niemandem verwalten.
Mittlerweile kann man künstlich es erzeugen,
nur nicht frisch.
Seit Jahrzehnten brauchen wir´s,
wenn es dunkel wird am Tisch.

Zum Schlafen möcht ich, dass es aus ist,
aber an, wenn keiner außer mir zu Haus ist.
Mal ist es hell, manchmal sehr grell,
manchmal auch nicht
und ausgesprochen heißt es Licht.

Genaugenommen
denk ich bei Licht gern an die Sonne.
Sie ist warm und für mich da.
Sie ist hell und für mich wahr.
Sie ist schön und wunderbar.
Sie bräunt und kitzelt meine Haut,
sie streichelt mir auch meinen Bauch.

Es fühlt sich gut an, wenn sie da ist,

ich hab sie schon oft vermisst,
obwohl ich weiß, sie kommt bald wieder,
auch wenn sie verschwunden ist,
denn wir wissen heutzutage,
sie spendet dann woanders Licht.

Selbst ihr Untergang ist herrlich,
diese Dämmerung und die Farben,
beides eine volle Pracht,
denk ich mit Wehmut an die Stunden,
die ich genoss in ihrer Macht.

Und früh morgens in der Stille,
wenn noch alles schläft und ruht,
taucht sie die Welt in eine Hülle,
wie die Liebe unser Blut.
Das sind mir die schönsten Stunden,
wenn sie aufzustehen scheint,
wie dann in Sekundenschnelle,
  sich der Himmel vor ihr neigt.
Dieses Schauspiel zu erleben,
  ist zweifellos wie reines Glück,
denn immer neu und dennoch anders,
  bin ich jedes Mal entzückt.

Bei solch einem Anfang meines Tages,
diese Stimmung mir dann zeigt,

die Natur ist pure Schönheit und ich will,
  dass es so bleibt.
Mir ist bewusst, auch wenn das nun seltsam klingt,
dass auch wenn es regnet,
  ich bin und bleib ein Sonnenkind.

Es gibt Dinge auf der Erde, die sind mal da
  und wieder nicht,
denn auch wenn es dunkel ist,
  ist irgendwo auch immer Licht.

Wortgefecht

Immer noch und immer wieder
knie ich vor deinen Zeilen nieder,
berauschend und heiß,
fühl ich mich wuschig und weich.
So können wir nicht weitermachen,
ich kann nicht mehr darüber lachen,
es ist zu ernst, ich bin verzweifelt,
es ist wie ein in Stein gemeißelt,
verlorenes Verlangen,
nicht erst seit kurzem, nein, seit langem.
Wir trieben´s nie, nur jetzt zur Spitze,
schon beim Schreiben ich nun schwitze,
wegen der Gedanken, die mich dabei überkommen,
das Feuer brennt und hat begonnen,
lauthals zu lodern zwischen uns,
die Flammen hoch, nicht mehr zu toppen,
wie können wir das jetzt noch stoppen?

Ist das nun pure Leidenschaft,
die dann den anderen Leiden schafft?
Das müssen wir vermeiden
und somit bleiben bei den Zeilen.

Aber gerade diese Ekstase,
bringt uns so richtig ins Gerase,
ich sage zwar, ich bluffe nur,
doch ablegen werd ich kein Schwur.

Denn so vage in Rage sag ich dir, was ich so habe,
und du sagst, was du so willst,
und das ist nicht zusammen chillen.

Ich töne groß, ich brauch keinen Mann,
alleine ich es besser kann,
da schreibst du mir, wenn auch im Spaß,
ich schreib zurück und gebe Gas.
Und dieses wird zum Wortgefecht,
was ist nun Spaß und was ist echt?
Und hab nur ich mich jetzt erkannt,
ins Wörterspiel mich so verrannt?
Wir machen das seit Jahren,
immer wieder abgefahren,
jetzt erst wird es uns zu viel,
weil wir merken, wir kommen zum Ziel?
Und wir scheinen endlich dort angekommen,
wo all unsere Worte damals begonnen.
Denn vor Jahren schon, früher beruflich noch,
war eine Mail von dir für mich ein Hoch.
Mit dir war´s immer zum Lachen und
nicht zum Weinen,
erst jetzt fällt mir auf,
umarmen kann man sich schlecht alleine.

Was mach ich nur, was mach ich bloß?
Ist nun Poetry Slam mein großes Los?

Ich lieg im Bett und strecke mich,
noch ist es dunkel ohne Licht,
mein erster Gedanke geht an dich.
Mit Augen zu, da lieg ich da,
stelle mir vor, so wunderbar,
einen menschenleeren Raum,
er verschwimmt, ist´s nur ein Traum?
Nein, halt, jetzt wird es wieder klar,
ich tauche auf, ich hör ein „Blubb",
und sehe deutlich: Es ist ein Club.

In Gedanken sehe ich, wie wir uns
 auf dem Boden wälzen,
um im Anschluss zu verschmelzen.
Wenn wir uns jemals wiedersehen,
dürften wir nicht nebeneinander stehen.
Es dürfen sich nur unsere Blicke treffen,
sonst ist nichts mehr zu retten.
Vergessen dann die Scham und Würde,
es wäre nun die letzte Hürde,
wird der Abstand dann zu klein,
stehe ich für nichts mehr ein,
denn deine Worte klingen nach,
sie sind nicht vergessen, sie liegen brach.

Bei mir ist alles einerlei,
denn vier Jahre sind vorbei,

ich bin jetzt wieder ich und frei,
ich kann machen, was ich will,
und mir wär danach, mit dir zu chillen.
Ich denke, es ist doch nur ein bisschen Gebelle,
dann lese ich dich und mein Herz schlägt schneller.

Ein Treffen können wir nun kaum noch bringen,
denn du lässt diese eine Seite in mir erklingen,
es geht mit mir durch, wie manch ein Pferd,
ist das die ganze Aufregung wert?
Sonst war es mit dir lustig, gemütlich,
wenn auch zwischen den Zeilen anzüglich,
nun schreibst du mir vom Halten und Wärmen
und ich kann nichts anderes mehr außer Schwärmen.

Ich frage mich, sollen wir nun oder sollen wir nicht?
Und wer ist dann der Bösewicht?
Sollen wir einfach das Leben leben,
auch mal Mut und Schwäche hegen,
uns auf den Weg ohne Ziel begeben,
nicht alles auf die goldene Waage legen,
auch wenn all dies verboten, weil du vergeben?

Somit können wir nur beim Schreiben bleiben,
uns laben und reizen an unseren Zeilen,
ein Treffen sollten wir dringlichst vermeiden,
weil es unmöglich geworden ist,

denn die Leidenschaft kommt nun ans Licht.
In meiner Realität, ist es für alles von nun an zu spät,
denn du und ich zu zweit
wird zur Möglichkeit.

Jetzt will ich es wissen,
dich treffen und küssen,
dich sehen und spüren,
anfassen und berühren,
du sollst mich halten und packen,
an Schultern, am Nacken,
lass uns genießen den Genuss,
wie wird er sein – der erste Kuss?
Unsere Körper werden sich verdrehen,
wir werden die Welt nicht mehr verstehen,
wir könnten uns in die Augen sehen,
uns einig werden, noch weiter zu gehen,
uns halten und genießen,
um sie dann gemeinsam zu schließen.
Dann das Gewissen „Das kann ich nicht tun!“,
sage dir deshalb, ich belle nur.
Doch du erkennst mich und hörst nicht auf,
so nimmt unsere Gier zueinander den Lauf
und wir klettern immer weiter bergauf.
Ich frage mich „Was macht du nur, Kind?“,
nur irgendwo muss die Energie doch hin!
Und gleich darauf macht mein Telefon „Piep“,

versetzt mir beim Lesen deines Namens einen Hieb,
und beim Erkennen deiner Worte,
   werd ich ganz benommen,
leichte Röte hat meine Wangen erklommen,
denn alles, was du schreibst,
lässt mich ganz und gar nicht kalt.
Du willst mich berühren,
du willst mich verführen,
und das erste Mal seit Jahren,
kann ich nicht einfach zu dir fahren,
um mich zu stellen diesem Gericht,
denn ich meine zu spüren, wie ernst es ist.
Ich kann dir dies alles nicht sagen ins Gesicht,
nicht mal bei schummrig-dunklem Licht,
wo nur wir beide – du und ich -
das traue ich mich einfach nicht.
Ich schreib´s dir auf, ich werd´s dir schicken,
dann bist du stolz und wirst mir danken.
So können wir unser Geheimnis bewahren,
wollen wir dann nicht doch alles wagen?
Wenn´s keiner weiß und niemand erfährt,
ist es das Zweisein doch sicherlich wert.
Ich verspreche dir, ich verrate nicht,
für wen dies alles geschrieben ist,
nur du wirst wissen: es ist für dich.

Wünsche einer Mutter

Ich wünsche mir, nicht mehr zu schreien.
Ich wünsche mir, weniger zu weinen.
Ich wünsche mir, so stark zu sein,
für meine Kinder da zu sein.

Ich wünsche mir mehr wollen statt müssen.
Ich wünsche mir statt zanken küssen.
Ich wünsche mir weniger Schmerzen
und gönnen aus ganzem Herzen.

Ich wünsche mir, nicht tatenlos zuzusehen,
Dinge begreifen und anzugehen.
Ich wünsche mir, Haltung zu bewahren.
Traurig sein dürfen an schlechten Tagen.

Ich wünsche mir, das Leben zu akzeptieren.
Ich wünsche mir, meine Angst zu verlieren.
Ich wünsche mir, dass du Termine absagst
und meine Kinder das Einmaleins abfragst.

Ich wünsche mir, da zu sein für dich.
Ich wünsche mir nach Dunkelheit Licht.
Ich wünsch mir, wenn ich im Bett muss liegen,
gehst du mit meinem Hund spazieren.

Ich wünsche mir, eine Mutter zu haben,
die bei mir ist, auch an guten Tagen.

Ich wünsche mir, eine Mutter zu sein,
zu der die Kinder gern kommen heim.

Ich wünsche mir Geborgenheit.
Ich wünsche mir, dass Gutes bleibt.
Ich wünsche mir, auch Nein zu sagen,
Termine auch mal zu vertagen.

Ich wünsche mir mehr Zeit zu zweit.
Ich wünsche keinem Tiere Leid.
Ich wünsche mir Zufriedenheit,
dass manches Ziel wär nicht mehr weit.

Ich wünsche mir ein Haus voller Lachen,
Aufgeschobenes einfach zu machen.
Ich wünsche mir statt verschwinden,
Altbewährtes wiederfinden.

Ich wünsche mir, manches loszulassen.
Ich wünsche mir, nicht mehr zu hassen.
Ich wünsche mir,
Versprechen nicht zu brechen
und keine Herzen mehr zu brechen.
Ich wünsche mir, auf Vorurteile zu verzichten.
Ich wünsche mir, nicht mehr zu richten.
Ich wünsche mir, mancher wäre reicher
und etliche Schicksale wären leichter.

Ich wünsche mir, wenn ich es
  nicht mehr sagen kann,
du dann ergreifst die kleine Hand.
Ich wünsche mir jemand, der meinem Kind
  dann zeigt,
dass nur das Wesentliche bleibt.

Ich wünsche mir keine Angst vorm Scheitern.
Ich wünsche mir, zu wissen, es geht weiter.
Ich wünsche mir den direkten Draht,
das zu lieben, was man hat.

Ich wünsche mir leichtere Schulranzen.
Ich wünsche mir, auf der Straße zu tanzen.
Ich wünsche mir, zu verabschieden
  die Oberflächlichkeit,
für Freunde zu gehen, auch endlos weit.

Ich wünsche mir, nicht mehr der Zeit hinterher
  zu rennen.
Ich wünsche, du könntest mich
  an meinen Augen erkennen
und Dinge einfach beim Namen nennen.
Ich wünsche mir, zu begreifen,
  dass die Zeit nicht endlos ist
und dass man Freundschaft nicht in Metern misst.

Ich wünsche mir, den Schmerz zu überwinden.
Ich wünsche mir, dich endlich zu finden.
Ich wünsche mir, nicht alles hinzunehmen
und ab und zu auf mein Recht zu bestehen.

Ich wünsche mir, Mauern einzubrechen.
Ich wünsche mir, Leben zu Erhalten und zu Retten.
Ich wünsche mir mehr helfende Hände,
mehr bunte anstatt graue Wände.

Ich wünsche mir, wenn ich nicht mehr sehe das Licht,
dass du bei meinen Kindern bist
und ihnen zeigst, wie wertvoll das Leben ist.

STERNENWELTEN

Wenn du in den Himmel schaust
und dem Sonnensystem traust,
verstanden hast, dass erst durch Untergang,
auf der anderen Seite Aufgang entstand,
dass hell und dunkel, Licht und Schatten,
froh und traurig, Weinen und Lachen,
immer im Ausgleich zueinander stehen
und wir nur deshalb Freude erleben,
weil ohne ein Tief es kein Hoch geben kann,
es gemeinsam leichter ist als im Alleingang.

Daher haben wir uns zusammengetan,
um zu verdeutlichen, was entstehen kann,
mit Einzigartigkeit die Gemeinsamkeiten
zu verbinden und somit Großes gestalten.
Unser Wir entsteht durch Kunst.
Wir sind individuell und es gibt trotzdem ein Uns.
Trotz verschiedener Meinungen,
Charaktere und Nationalitäten,
sind wir offen für Neues und offen für Jeden.
Wir sind Teil der Sternenwelten,
denn wir halten zusammen und helfen.

ein Ausharren von knapp drei Stunden,
mich sitzend in die Knie zwingt,
der Kreislauf schwach, der Pegel sinkt.
Dann: Nach drei Minuten wieder draußen,
um mich völlig aufzurauchen,
ich fahr nach Haus und leg mich hin,
schluck provisorisch Ibuprofen.

Früher habe ich wöchentlich
  auf Konzerten gerockt,
wenn ich heut was unternehme,
  gehe ich einmal um den Block.
Ich fragte mal eine Fachfrau „Wenn es mir gut geht,
  kann ich dann wieder Konzerte überstehen?"
Sie sagte „Wenn es Ihnen gut geht,
  können Sie ´ne zweite Runde drehen."
So ist es nun, es ist wie Dreck,
  das Grippegefühl geht nicht mehr weg.
Das Schlimmste allerdings ist,
  dass man es nicht sehen kann, ja nicht mal messen,
man zieht sich zurück und wird vergessen.

Aber weil ich dennoch weiß, ich bin nicht allein,
setz ich mich hin, fang an zu reimen.
So wie es mir ergeht, das kennen doch viele,
deshalb steh ich wieder auf
  und verfolg meine Ziele.

Es gibt Tage, an denen schaff ich kaum,
´ne Stulle mir zu schmieren,
dass das dann nicht hilfreich ist,
kann doch jeder leicht kapieren.
Man soll ausgewogen essen,
die Tabletten nicht vergessen,
Zucker - wie glutenfrei fressen,
da frag ich mich, wie soll das gehen?
Ich komm nicht hoch, ich kann kaum stehn!

Seit Jahren leb ich nun vegan,
ich hab den Eindruck, es geht voran.
Ich mache das aus ethischen Gründen,
um zu verringern des Menschen Sünden.
Sie warnten mich „Du isst doch schon kein Fleisch,
dann iss doch wenigstens ein Ei!"
So würden sich nicht füllen meine Depots,
aber die Pillen dafür, schluck ich ja sowieso.
Es geht mir gut damit,
ich hing schon lange nicht am Tropf,
diese ganze Defizitenscheiße passiert
doch nur in unserem Kopf.
Also es kommt ganz sicher nicht vom Tier,
denn alles, was du bist, das kommt von dir.

Was verbindet uns im Leben?
Einer kann schreiben, ein andrer reden,

wir sollten uns die Hände reichen,
uns das Leben mit Verständnis erleichtern,
zusammenhalten, indem wir
  Wissen vermachen und Infos erschaffen.
Denn wir alle sind gleich.
Wenn das die Welt verstanden hat,
  dann sind wir wieder reich.

Heute habe ich einen Schub,
ich fühl mich krank, mir geht's nicht gut.
Mein Körper liegt, mein Kopf ist an
und es läuft: Poetry Slam.
Wie deprimierend es ist,
wenn ein Geräusch schon qualvoll ist,
nimmt es dir die ganze Existenz,
weil du nichts mehr kannst, nur pennst.
Du kannst dich nicht bewegen,
dich kaum allein ins Bett legen,
vor Schwäche weder dein Handy halten
  noch ein Buch,
das ist kein Leben, das ist ein Fluch.
Sobald es besser wird und
  du mutig wieder die Welt begrüßt,
am nächsten Tag schon dafür büßt.

Es gibt Tage, da schreib ich nichts auf,
da kommt nichts bei raus.

Wenn der Körper rebelliert,
  ist oft ein Rauschen in meinem Kopf,
manchmal erscheint es mir,
  als gäbe es einen Knopf,
der dann gedrückt ist
  wie bei einer Tonbandkassette,
und dann träume ich davon,
  wie ich die Welt mit Worten rette.

Auch wenn wir mit unserer Schwäche anecken,
dafür sollten wir uns nicht verstecken.
Wir sollten uns vergnügen.
Wir sollten uns nicht selbst betrügen.
Wenn es dir gut geht, steh auf und leb.
  Geh raus und geb,
all denen das, was du zu geben hast,
  denk dir dabei, es ist ein guter Tag!
Lass Abwasch und Wäsche liegen,
  mach weiter Stück für Stück,
immer weiter nach vorn und blick bloß nicht zurück.
Lass die anderen reden, so ist das Leben eben,
niemand nimmt dich an die Hand,
  wenn du das nicht auch selber kannst.

Schalt aus den Schmerz, er kommt schon wieder,
bis es soweit ist, tanz wild und sing laut Lieder!
Nimm das Leben, wie es kommt, mach einfach mal,

mit CFS hast du eh keine Wahl!

Oft schließe ich die Augen und lass mich treiben,
leg mir zurecht diese Worte und Zeilen,
auch an Tagen, an denen ich nichts machen kann,
mein Kopf ist wach und hält nicht an.
Im Krankenhaus lag ich mit der Nadel im Arm,
  ich konnte ihn nicht mal knicken,
trotzdem habe ich versucht,
  meine Gedanken ins Handy einzutippen,
damit nichts verloren geht von meinem Leidensweg,
denn auch dieses soll in Erinnerung bleiben,
vielleicht kann es so die Schmerzen vertreiben?

Wer mich in dieser Zeit am meisten versteht
  und stets an meiner Seite steht,
ist mir ein ganz treuer Freund,
  das „Ja" zu ihm habe ich noch nie bereut.
Er merkt es genau, mir ist schlecht, mein Magen flau,
er legt sich zu mir und bremst mich aus,
  zeigt mir so an „Ich muss nicht raus".
So wie ich bin, so liebt er mich und nimmt mich an,
  ob krank oder gesund,
mein Seelen-Balsam ist mein Hund.

Warum können wir Menschen nur nicht
  so miteinander kommunizieren

und wortlos-unkompliziert
  das Gegenüber akzeptieren!?

Es gibt so viele Tage auf der Welt,
  da ist es nicht gut um mich bestellt,
ich fühl mich wie ein Häufchen Elend,
  doch dann erschaff ich was, das es veredelt.
Nur Wörter sind´s, die ich verbind
  und somit was zum Ausdruck bring, das klingt.
Was rührt und etwas hervorruft
  und mir plötzlich jemand zuruft,
den ich noch nie zuvor gesehen
  und dennoch kann er mich verstehen?
Er sagt, wie gut das ist, er fänd´s toll
  und ich bloß weitermachen soll,
das nehme ich mir zu Herzen,
  bin aufgelegt sogar zu Scherzen
und stolz, dass es anderen auf dieser Welt
so gut gefällt.

Es gibt so vieles, was man nicht sehen kann.
Bevor ihr urteilt, schaltet euer Gehirn mal an.
Es wird noch mehrere Momente geben, in denen
  du nicht schaffst,
was du gerne würdest geben.
Du erschaffst was, was Spaß macht und
  dann von Null auf Hundert,

ist alles, was gerade geboren,
im nächsten Augenblick wieder verloren.

Trotz des Wissens,
immer wieder aufstehen zu müssen,
lass ich mich nicht unterkriegen,
wenn ich liege, muss ich liegen
und ich träum weiterhin vom Fliegen.
Egal, was manch einer mir einreden mag:
auch wenn ich schwach bin, bin ich stark.

CFS:
Die Myalgische Enzephalomyelitis/das Chronische Fatigue-Syndrom ist eine schwere neuroimmunologische Multisystemerkrankung. ME/CFS-Betroffene leiden neben einer schweren Fatigue, die das Aktivitätsniveau erheblich einschränkt, unter neurokognitiven, autonomen und immunologischen Symptomen. Weltweit sind etwa 18 Mio. Menschen betroffen. In Deutschland sind es geschätzt 300.000.

Über die Autorin

Stefanie Steenken, Jahrgang 1975, ist in Berlin geboren. Vom Gymnasium flog sie in der neunten Klasse, zog mit sechzehn aus, von Wannsee nach Kreuzberg. Boykottierte im Alter von dreizehn Jahren den Verzehr von Fleisch und engagierte sich für den Tierschutz. Sie beschloss, ihr Sozialpädagogik-Studium drei Monate vor Abschluss hinzuwerfen und stattdessen nach Spanien zu reisen. Mit zwei Hunden, drei Katzen, einer Ausbildung als Hotelfachfrau und viel Lebenserfahrung kehrte sie sieben Jahre später nach Berlin zurück. Dort versuchte sie sich als Cafébetreiberin, Ponyhofmitarbeiterin, Wasserskivermieterin, Promotionmanagerin, Gastronomieleiterin, Controllerin, Buchhalterin, Reitlehrerin, Eventplanerin, Personalchefin, Übersetzerin, Websiteverwalterin, Einkäuferin, Baustellenbeauftragte, Sekretärin und Kuschelkissenverkäuferin. Und wozu das alles? Das weiß sie auch nicht.

2018 begann sie endlich mit dem Schreiben. Sie hat bereits drei Lyrikbücher und mehrere Kinderbücher als Selfpublisherin veröffentlicht und lebt als freie Autorin mit ihrer Familie in Brandenburg.

www.stefaniesteenken.de

Dank

Ich bedanke mich von Herzen bei all denjenigen, die an mich glauben und immer wieder ermutigen, weiterzumachen und meiner Berufung zu folgen. Eure Anerkennung, das Lob und eure Tränen der Rührung, hinterlassen Spuren bei mir und festigen mein Selbstwertgefühl jeden Tag ein bisschen mehr.

Ich danke herzlich Anette für deine Mitarbeit, dein stets ehrliches Feedback und das tolle Cover. Tausend Dank an Christiane, Anja und Chris für euer Vertrauen in mich und eure Unterstützung. Es tut ungemein gut, seine Träume miteinander teilen zu dürfen.

Und ich danke Milena, Anna, Ben, Max, Paul, Lukas, Maya, Karin, Sven, Pedro, Alex, Robbi, Alex, Christian, Tomi, Jure, Thilo, Jakob, Timo, Barbara, Uschi, Ossi, David und Martin. Ohne eure Inspiration wäre keiner meiner Texte entstanden.

Quentin lebt schon eine ganze Weile
allein. Eigentlich hat er sich damit
abgefunden und sich ein bequemes
Leben eingerichtet.

Nur seine Schwester Helen versucht manchmal ihn
herauszulocken. Helen ist verheiratet mit Boris und
schon lange nicht mehr glücklich.
Die beiden lernen Adrischa kennen
und plötzlich ist nichts mehr wie es war.

ISBN 978-3-949656-02-6 18 € (D)

9 783949 656026

www.herzundgold.com

Berührend, magisch, atemberaubend direkt.

Tom war es, als würden Kulissen an ihm vorbeigeschoben. Dahinter musste ein anderer Film ablaufen. Der seines wirklichen Lebens. Voller Abenteuer und Reisen. Dieser Husten hatte ihn herauskatapultiert. Was jetzt?

Die Luft zum Atmen … war ganz selbstverständlich. Dem Abenteurer Tom wird der Boden unter den Füßen weggerissen und er muss sich auf völlig neue Wege begeben. Dass dies sein größtes, aber wahrscheinlich auch sein letztes Abenteuer werden wird, wollte er nicht wahrhaben: Alte Liebe, verdrängte Wut, neue Freundschaften und spirituelle Unterstützung …
Wird er am Ende das finden, was er im tiefsten Inneren gesucht hatte? Sich selbst und damit vielleicht auch Rettung?

herzundgold

ISBN 978-3-949656-00-2 22 € (D)

9 783949 656002

www.herzundgold.com

Thailand 2004

Zwei junge Frauen, wie sie unterschiedlicher nicht sein könnten, fliegen ins Paradies. Denise, souverän und aufbrausend, die schüchterne Maja, die viel zu nett ist, um wahr zu sein. Eine Zweckgemeinschaft, die schnell an ihre Grenzen kommt.
Doch dann fegt der Tsunami mit brutaler Wucht über den Strand und hinterlässt Chaos und Zerstörung. Dunkle Geheimnisse kommen ans Licht. Menschen zeigen ihr wahres Gesicht.

Ein spannender Roman über Freundschaft, Verlust und den Mut, sich der eigenen Vergangenheit zu stellen. Lebendige Sprache, authentische Protagonistinnen, Humor und Tiefgang machen das Lesen zum Vergnügen.

herzundgold

ISBN „978-3-949656-01-9 22 € (D)

www.herzundgold.com